www.tredition.de

AF198282

Ela Nova

Windmühlenwege

www.tredition.de

Verlag & Druck: tredition GmbH, Halenreie 40-44, 22359 Hamburg

ISBN
Paperback: 978-3-347-10026-8
Hardcover: 978-3-347-10027-5
e-Book: 978-3-347-10028-2

Windmühlenwege

Ela Nova

Wenn der Weg der Veränderung weht, bauen einige Menschen Mauern, und andere bauen Windmühlen.

(Altes chinesisches Sprichwort)

Roman

Prolog

In der ehemaligen DDR aufgewachsen, waren die Weichen gestellt. Der Weg von Krippe, Kindergarten, Schule und Lehre war vorgezeichnet, und Alles ging seinen sozialistischen Gang.

Als Sandwichkind - zwischen zwei Brüdern groß geworden - merkt Mette früh, dass in ihrer Herkunftsfamilie etwas nicht stimmt. Ein harmonisches Familienleben lernt sie nicht kennen, dementsprechend wächst der Wunsch nach einem Nestbau für die eigene Familie. Verunsicherung und fehlendes Selbstvertrauen bleiben ihre ständigen Begleiter.

Die Wende ist geprägt von Geringverdienst, Minijob, wechselnden Arbeitsstellen sowie emotionalen und wirtschaftlichen Abhängigkeiten.

Erst als ihr die Grundsicherung kurzzeitig nicht zur Verfügung steht, und sie auch noch vermeintlich zu viel gezahltes Geld zurückzahlen soll, nur weil sie ihre Arbeitslosigkeit beenden wollte, sieht Mette nur noch einen Ausweg. Welche gravierenden Folgen der Weg ins Ausland für sie und ihre Kinder hat, ahnt sie noch nicht. Und dabei wollte sie doch nur mit Saisonarbeit endlich wieder Geld verdienen.

Doch zu Hause wartet bereits der Haftbefehl auf sie.

Mutter, Vater, Kinder

Meine Eltern lernten sich bei einem Gartenfest in einer „Laubenkolonie" kennen.

So hießen in den Fünfzigern die Gartenanlagen, in denen man günstig eine kleine Oase im Grünen pachten konnte.

Diese Anlagen wurden in einzelne Sparten unterteilt, die alle lustige Namen bekamen. Mit „Abendrot" und „Erdenglück" verbindet man schöne Gedanken - „Eigener Fleiß" klingt eher nach Unkraut jäten und Bäume pflanzen.

Die unterschiedlich großen Parzellen boten den Gartenfreunden jede Menge an Abwechslung und einen guten Ausgleich zum Arbeitsalltag in den volkseigenen Betrieben und Kombinaten.

Ich glaube, Papi wollte früher schon was Eigenes schaffen. Grund und Boden selbst mit einem kleinen Häuschen bebauen, um somit dem Familienalltag entfliehen zu können.

Als Ältester von sechs Kindern hat er früh Verantwortung übernehmen müssen.

Seine Mutter starb, als er gerade mit seiner Maurerlehre begonnen hatte, die jüngste Schwester kam erst in die Schule.

Auch für Mutti gab es kein harmonisches Familienleben. Ihr Vater brachte aus erster Ehe zwei Töchter mit, zusammen mit ihrer Schwester waren vier Mädels im Haus.

Keine Liebe zu bekommen ist schon hart genug, aber den eigenen Vater im Gerichtssaal sehen zu müssen, löste bestimmt unvorstellbare Ängste in der Achtjährigen aus.
Die Mädchen sehen ihren Vater nie wieder.

Wahrscheinlich waren es eher ungünstige Voraussetzungen für eine glückliche gemeinsame Zukunft. Konnten beide auf ein gesundes Selbstvertrauen und ein emotionales Fundament bauen?
Sie haben gegeben was sie konnten. Haben sie aus Angst, Scham, falschem Stolz oder gar Macht nicht nach den Bedürfnissen des anderen gefragt?

Ein Mädchen ist geboren

Im Jahr des Mauerbaus bekommt der zweijährige Malte eine Schwester. Das Glück scheint perfekt, doch schon nach wenigen Wochen gibt es Grund zur Besorgnis. Die kleine Mette entwickelt sich nicht so unkompliziert wie ihr aufgeweckter Bruder mit seinen drei Jahren. Immer wieder beeinträchtigt ihr Heranwachsen zunehmend das Familienleben.
Während sich die Mutter aufopferungsvoll neben ihrer Arbeit als Verkäuferin um die Familie und den Haushalt sorgt, konzentriert sich der Vater auf seine Tätigkeit im Baugewerbe. Er sieht sich als Ernährer der Familie,

und kann das Familienglück nicht genießen. Er nimmt den Ältesten öfter mit zum Angeln, kann aber offensichtlich mit der Tochter nicht viel anfangen.

In Freud und Leid zueinander zu stehen, das haben sie sich bei ihrer Hochzeit doch versprochen. In diesen schweren Zeiten müssen beide mitarbeiten, heißt es ganz lapidar. In den 60-iger Jahren können es sich die Familien einfach nicht leisten, auf den Lohn der Frau zu verzichten. Anders als im Westen, verdienen die Männer nicht genug, um eine Familie zu ernähren, und die Ehefrau bei den Kindern im trauten Heim zu lassen.

Obwohl sich die beiden Kinder zu guten Schülern entwickeln, wachsen Vertrauen, Wertschätzung, Achtung und Respekt in ihrer Gemeinschaft nicht mit. Häufig bestimmen Streit und fehlende Kommunikationsbereitschaft ihren Alltag. Die Ehe droht zu zerbrechen, denn die Mutter fühlt sich allein gelassen. So hat sie sich ihr Leben nicht vorgestellt; tagein, tagaus freundlich die Kunden bedienen. Ja in ihrer Arbeit geht sie auf wie eine aufspringende Rosenknospe mit dem ersten Sonnenstrahl. Dieses wohlige Gefühl begleitet sie bis zur Wohnungstür, doch wenn sie den Schlüssel im Schloss dreht, weicht es einem plötzlich auftretenden Grummeln in der Magengegend. Was erwartet sie, wenn sie die Stube betritt?

Geld verdienen, die Wohnung sauber halten, die Einkäufe erledigen und vor allem sich um die Schulbelange der beiden Sprösslinge zu kümmern, das Alles gehört im Hause Majers zu ihren Pflichten. Die Entwicklung ihrer Kinder bereitet ihr große Freude, und die beiden spüren ihre Liebe. Nur der Papi ist anscheinend zu tiefen Gefühlen nicht fähig. Oder kann er sie einfach nicht zeigen?

Liebevoll versucht Mutti unermüdlich, ihrem Ehemann zu zeigen, wie wichtig es ist, dass auch er allein mit den Kindern - mit beiden - Zeit verbringt, und das Zusammenleben fröhlicher und zufriedener für alle wird. Echte Vaterliebe und ein aufrichtiges, ehrliches Interesse am Nachwuchs kann er sich nicht abschauen, es ist ihm offensichtlich kein inneres Bedürfnis. Es tut Mutti in der Seele weh, wenn die Zweitklässlerin - auf Papis Schoß sitzend - ihn immer wieder anfleht, er möge doch einmal mit zum Elternabend gehen, dann zeigt ihm Mutti auch ihren Sitzplatz.

Doch Papi bleibt hart, und sieht die Klassenräume seiner Kinder nie von innen.

So lebt die vierköpfige Familie ihren geregelten Alltag, in dem nicht viel gesprochen, und noch weniger gelacht wird. Die Kinder sind oft bei ihren Freunden zu Besuch, und der liebevolle Umgang in diesen Familien mit den Eltern und Geschwistern tut ihnen gut.

In den frühen Siebzigern gehören Großfamilien zur Normalität. Ein Kind trägt die Kleidung vom Älteren ab, Schulranzen und Spielsachen werden ebenfalls an die Jüngeren weiter gereicht.

Nach der Schule gibt es neben den Hausaufgaben noch andere Verpflichtungen, und wenn diese nach Arbeitsschluss der Eltern nicht erledigt sind, gibt es schon mal Ärger. Die Mädchen helfen den Müttern bei der

Hausarbeit, und Mette geht freiwillig gern zum Milchladen um die Ecke.

Dort wird noch die Milch in Kannen gefüllt, und bevor Mette den Einkauf nach Hause trägt, gibt es ein Bonbon aus dem dickbauchigen durchsichtigen Glas ganz oben auf dem Tresen. Immer wenn der nette Verkäufer die Milch einfüllt, sucht sie sich ein Stück von den kleinen bunten Köstlichkeiten aus. Hm. Das macht gute Laune.

Die Jungen werden frühzeitig mit dem Heizen der anfangs Kachel -und später Heißluftöfen vertraut gemacht. Schließlich möchte die Familie abends nicht frieren. Da müssen rechtzeitig Kohlen, Briketts oder Koks bestellt werden. Meistens im Sommer zum günstigen Preis. Im Herbst werden sie dann zentnerweise vor die Kellertür gekippt, und von den Männern und größeren Jungen von Hand durch die kleine Fensterluke geschippt. Eine schweißtreibende Aktion, bei der auch Malte hilft.

Jedes Familienmitglied kennt seine Aufgaben, und die Majers'-Kinder beeilen sich, um möglichst schnell wieder Zeit zum Spielen zu haben. Während der Vater am Abend vor dem Fernseher einschläft, beginnt die Mutter in der Küche mit den Vorbereitungen für den nächsten Tag. Eigentlich ist es ganz normal bei uns, denkt sich Mette manchmal, aber doch ist es nicht richtig schön.

Auf eine ganz andere Idee bringt sie am nächsten Tag ihre Freundin Miriam.

Miri ist Mettes beste Freundin, und sie wünscht sich so gern ein Geschwisterchen. Dann hätte ich immer Jemanden zum Spielen, gern eine Schwester, dann könnten wir alle unsere Puppen tauschen. Oh ja, das wäre schön, findet auch Mette. Einen großen Bruder, der sie beschützt, kann sie ja nicht mehr bekommen. Aber Malte wohnt ganz in der Nähe. Wie bekommt man eigentlich ein Geschwisterchen, fragen sich die Mädels? Wenn Mutti und Papi sich ganz doll liebhaben, so sagen es die Erwachsenen. Dann wird Miri auch nicht lange auf ein Baby warten müssen, denn von ihren Eltern wird auch Mette immer richtig verwöhnt.

Überglücklich verabschieden sich die beiden Freundinnen, doch es sollte ganz anders kommen.

An einem herrlichen Sommertag - es sind Mettes und Miriams letzten Wochen des zweiten Schuljahres - fällt Mette etwas Ungewöhnliches auf. Wie konnte das nur passieren? Nicht Miri sondern Mette bekommt noch ein Geschwisterchen. Zutiefst verzweifelt zieht sich die Achtjährige zurück, und beschließt, Niemandem etwas von diesem tragischen Unglück zu erzählen. Auf dem Nachhauseweg kommt der pfiffigen Schülerin eine Idee. Nur der Lehrerin kann sie jetzt noch vertrauen. Doch völlig entrüstet muss sie feststellen, dass diese Nachricht sie sogar noch erfreut. Was kann Mette noch tun? Und plötzlich scheint alles ganz einfach…

In der letzten Deutschstunde vor den großen Ferien - Mette hat sich langsam mit der neuen Situation abgefunden - lautet das Thema: „Wem möchtet ihr gern eine Ansichtskarte aus eurem Urlaub schreiben?"

Familie Majers fährt nie in den Urlaub, darum kann sie diese Aufgabe gar nicht lösen. Aber vielleicht gibt es doch irgendwo da draußen jemanden, der sich über ihre Zeilen freut?

Brandnburg, 13. Juni 1970

Ich heisse Mette bin 8 Jahre alt und bekomme bald ein Beby. Dabei will doch meine Freundin Miri eins haben. Kannst du machen, das sie unseres bekommt? Unsere Lehrerin sagt, wenn wir ganz doll dran glauben gehen Wünsche in Erfüllung. Oh bitte wenn es wirklich Engel gibt darf ich mir das von dir wünschen?

Danke deine Mette.

Engelshausen, 20. Juni 1970

Liebe Mette,
ich danke Dir für Deinen lieben Brief. Du wirst sehen, dass auch Du Dich schnell an das Baby in Eurer Familie gewöhnen wirst.

Von nun an gebe ich auf Dich Acht, und Du kannst mir schreiben, wann immer Du magst.

Dein Schutzengel Igor

Im Herbst 1970 erblickt Maiko das Licht der Welt, und Mette platzt fast vor Stolz, so hat sie ihn gleich liebgewonnen.

Alles wird gut, denkt sich die große Schwester, doch ihr Schutzengel bekommt viel zu tun.

Berufswahl und Jugendliebe

Mette wächst zu einer hübschen hellblonden Teenagerin heran, und geht immer noch sehr gern zur Schule. Mit Miriam verbindet sie weiterhin eine tiefe Freundschaft.

Das Familienklima bleibt angespannt, und gerade als im Sommer 1977 der Jüngste in die Schule eintritt, Malte seine Berufsausbildung mit Abitur - das ist in den frühen Achtzigern zusammenhängend nach drei Jahren möglich - abschließt, und Mette die Polytechnische Oberschule beendet, lassen sich die Eltern scheiden.

Mette - nun als Sandwichkind - spürt die Traurigkeit, Wut und Enttäuschung, mit der alle Familienmitglieder irgendwie versuchen, mit der Situation umzugehen. Mutti arbeitet in drei Schichten in ihrem geliebten Beruf, und genießt dort die Anerkennung, die sie vermutlich zu Hause nie bekam. Papi wohnt in einer Einraumwohnung in der Nähe, und ist mehr mit der Suche nach einer neuen Frau als mit der Gestaltung des Umgangs mit seinen Kindern beschäftigt. Das kränkt Mette oftmals sehr, obwohl es ja nie anders war. Die Brüder lassen es sich nicht anmerken, aber die Schwester fühlt, wie sehr sie mit der neuen Situation zu kämpfen haben.

Insbesondere das Nesthäkchen, das - wenn man es überhaupt so sagen kann - den engsten Kontakt zum Vater hat, sucht die Nähe der Erwachsenen. In ihrem Freundeskreis finden die Jungen den nötigen Halt und Zuspruch, um positiv in die Zukunft schauen zu können. Und Mette? Sie steht vor der Frage, welchen Beruf sie erlernen sollte. Was möchte sie denn gern werden? Was kann sie denn besonders gut? Kann sie denn überhaupt irgendetwas besonders gut? Welche Talente und Begabungen schlummern eventuell in ihr? Nein, sie kann keine herausragenden Fähigkeiten erkennen.

Erst Jahrzehnte später soll sie begreifen, welches Potenzial sie seit frühester Kindheit in sich trägt.

Auch von den Eltern gibt es nicht die nötige Unterstützung bei dieser wichtigen Lebensentscheidung. Viel zu sehr sind sie mit sich selbst beschäftigt, und Mette hat das Gefühl, dass es sie überfordert, für alle drei Kinder da zu sein. Es gehört ja auch eine ganze Menge dazu, auf der Arbeitsstelle zu funktionieren, den Haushalt zu führen, und dann noch Nerven und Kraft für drei Sprösslinge aufzubringen, die, jeder für sich, in einer schwierigen Entwicklungsphase sind. Die Verletzungen der eigenen Person sind offenbar zu groß.

Wie kann es denn für alle vier, die nun unter einem Dach zusammenleben, angenehmer werden?

Der Schutzengel weiß bestimmt Rat, und die Heranwachsende schreibt noch heute einen lieben Brief, der ihrer Verzweiflung Luft macht, und doch nicht allzu anklagend die Ereignisse schildert.

Von: Schutzengel
An: Mette
Betreff: Beruf und Liebe
Datum: 27.08.1977

Guten Tag meine Mette,

Du weißt nicht, was Du werden sollst? Das klingt etwas verzweifelt. Das häusliche Klima macht Dir zu schaffen? Auch dieses Gefühl kann ich Dir nicht nehmen. Lass uns mit Bedacht vorgehen, welche die nächsten Schritte sind. Du meinst, Du hast keine positiven Eigenschaften und Begabungen? Oh doch: Du bist sehr vielseitig interessiert, Dich fesseln interessante komplexe Themen. Aktive und dynamische Menschen ziehen Dich schnell in ihren Bann. Dein Ehrgeiz treibt Dich an, und ein ständiger lebhafter Austausch mit Deinem Umfeld ist Dir wichtig.

Einen leichten Hang zum Philosophieren erkenne ich auch bereits, und ein starkes Gerechtigkeitsbedürfnis ist oftmals nicht zu übersehen. Welche Berufsrichtung leiten wir nun davon ab?

Abwechslungsreich, Kommunikationsmöglichkeiten bietend, Eigeninitiative beinhaltend, Persönlichkeit entfaltend und Zufriedenheit bringend sollte sie sein. Diese Richtung solltest Du einschlagen. Im zweiten Schritt überlegen wir uns, welche Berufe diesem Ziel am nächsten kommen.

Wenn Du aber vorerst Deine Chancen bei dem sympathischen Bruder Deiner Freundin ausloten willst, ist das völlig in Ordnung.

Genieße die Zeit! Dein Igor.

Von: Mette
An: Igor
Betreff: so, ich werde also…
Datum: 29.08.1977

…Philosophin, Rechtsanwältin, Kommunikationstrainerin, Sportlerin oder was meine Interessenvielfalt noch so hergibt? Du weißt schon, dass es für diese Berufe einen höheren Abschluss braucht?
Wie ich dich kenne, arbeitest Du schon an Plan B.

PS: Ob sich mit Jochen, dem großen Bruder von Edelgard etwas entwickeln könnte, kann ich Dir gar nicht genau sagen.
Du weißt doch, Geduld zählt nicht zu meinen Stärken.

Aus Mette Majers wird eine gute Instandhaltungs-mechanikerin. Der Volksmund sagt Schlosser dazu, aber das trifft ihr Aufgabengebiet nicht genau. Während der zweijährigen Ausbildung durchlaufen die Stifte - so werden in den Siebzigern die Auszubildenden genannt - mehrere Abteilungen. In einem großen ostdeutschen Kombinat, dem VEB = Volkseigener Betrieb, das Getriebe für Lastkraftwagen herstellt, sind die Lehrlinge in der Maschinenreparatur, der Betriebsschlosserei und bei den Rohrlegern eingesetzt.

Im zweiten Lehrjahr besteht die Möglichkeit, sich innerhalb dieser Abteilung für den Sanitärbereich zu qualifizieren, und Mette zögert keine Minute. Sie lernt nun von der Pike auf die Fertigkeiten und Kniffe, die ein Klempner oder Sanitärinstallateur benötigt, und bleibt auch nach Beendigung der Lehrzeit als einziges Mädchen in dieser Brigade. Mit der Werkstattschreiberin allein unter 19 Männern. Ein Arbeitsklima wie für Mette gemacht.

Hier findet sie die Anerkennung, die sie im Elternhaus vermisst hat. Die zwei Mädels im gleichen Ausbildungsjahrgang kommen aus dem Landkreis, und wohnen im Lehrlingswohnheim. Ein Jahr später folgen letztmalig zwei Teenagerinnen diesem Weg, von denen eine Auszubildende sich unverhofft für die Geburt ihrer Tochter entscheidet, und Jahre später wieder in ihren Beruf zurückkehrt. Es ist ungewöhnlich, dass Mädchen einen handwerklichen Beruf erlernen, auch die Mutter ist nicht glücklich über diese Wahl. Manchmal hat Mette sogar das Gefühl, sie schämt sich für ihre Tochter. Warum nur? Dabei schließt die Ehrgeizige ihre Lehre mit einem richtig guten Ergebnis ab. Ihr Gesellenstück: an Drehbank, Fräs -und Bohrmaschine selbst gefertigter Kerzenständer, macht die Mutter dann doch stolz auf ihre junge Handwerkerin.

Diese beiden Landmädels, die in ihrer heimischen Umgebung keine Ausbildung absolvieren können, haben die Trennung vom Elternhaus an den Wochentagen unterschätzt, und orientieren sich nach der Lehre beruflich neu.

Ein Glück für ihre Freundin, denn Mette darf an den Heimfahrtwochenenden öfter mit auf's Land. Sie genießt wieder die Zeit in den Familien der Mädchen, die sie auch in ihren Freundeskreis einführen. Die gleichaltrige Edelgard stellt ihr ihren Bruder vor, und auf einer Dorfdisco ist es dann um Mette geschehen. Jochen ist knapp drei Jahre älter, charmant und vielseitig interessiert. Er ist kein Kind von Traurigkeit, und schon volljährig. Der Reiz des Verbotenen lässt die Beiden nicht los, und beim Blick in seine grünen Augen nimmt Mette gern in Kauf, von seiner strengen Mutter „erwischt" zu werden. Gemeinsam entdecken sie ihre Sexualität, und der zweite Mann in Mettes Leben gibt ihr ein Gefühl von Geborgenheit, Herzenswärme und Sicherheit, wie sie es sich immer vom Vater ersehnt hat.

Die Jugendliebe hält eine lange Zeit, und dass dieses Feuer über Jahrzehnte lodert und in ihren Lebensphasen immer wieder neu entfacht wird, ahnen die Verliebten noch nicht.

Jochen verpflichtet sich für 10 Jahre als Zeitsoldat bei der NVA = Nationale Volksarmee, und die Zweiundzwanzigjährige sieht den angehenden Unteroffizier für einige Jahre nicht wieder.

Sie werden sich nie aus den Augen verlieren.

Was du für Liebe hältst

Mette fühlt sich wohl an ihrem Arbeitsplatz. Der Kontakt zu ihren männlichen Kollegen ist kameradschaftlich, bei Fragen und Unklarheiten bekommt sie die nötige Unterstützung. Auch privat bahnt sich da etwas Neues an.

Im Betrieb beginnt nach dem absolvierten Wehrdienst der smarte Gerhard wieder seine Tätigkeit in der gleichen Abteilung, in der auch Mette arbeitet. Dem Mittzwanziger fällt die hübsche Blondine bald auf, und wenig später in die Arme. Seine anfängliche Schüchternheit imponiert Mette, und er mag ihre Lebendigkeit. Sie verbringen ihre Freizeit zusammen, lernen sich besser kennen, doch nach Gemeinsamkeiten suchen sie nicht. Schließlich heißt es ja: Gegensätze ziehen sich an. Und da scheint sich ihre lebhafte Art gut mit seinem, zumindest nach außen sichtbaren, ruhigen Wesen zu ergänzen. In ihrem Elternhaus erleben beide keine Harmonie. Gerd ist das zweite von vier Kindern. Zur Mutter findet auch Mette schnell einen Draht. Die Pflichten der liebevollen Hausfrau sind klar geregelt. Das temperamentvolle und bisweilen cholerische Familienoberhaupt

ist nur an den Wochenenden daheim, was aber offensichtlich nicht der Grund dafür ist, dass der Vater keine
emotionale Bindung zu seiner Familie aufbauen kann.
Dies kommt Mette sehr bekannt vor, und erst Jahre
später soll sie erkennen, wie prägend diese Erfahrung
auch für ihr Leben ist.

Ein Studium ist in sozialistischen Zeiten für Männer
erst nach Beendigung der Armeezeit möglich. Sowohl
der 18 -monatige Grundwehrdienst als auch die Ver-
pflichtung als Soldat auf Zeit für mindestens drei Jahre
sind Studienvoraussetzung. Erst musste man *gedient*
haben, und dies bis zur Vollendung des 27. Lebensjah-
res. Auch bei Gerhard gab es keine Ausnahme, darum
fällt die Entscheidung für ein Maschinenbaustudium in
Sachsen nicht schwer. Der Entschluss zusammen zu
bleiben wird mehr mit dem Kopf als mit dem Herzen getroffen, denn wie sich Liebe, Wärme und Respekt in einer Partnerschaft anfühlen, bekommen beide in ihrem
Elternhaus nicht vorgelebt. Sie wünschen sich auch
eine eigene Familie, werden Alles besser machen und
sind voller Träume. So ist es im Frühjahr 1986.

Erste Anzeichen des gesellschaftlichen Umbruchs
sind latent zu spüren. Im Freundes -und Bekanntenkreis, aber auch in den Arbeitskollektiven wird über ge-
nehmigte und abgelehnte Ausreiseanträge gemunkelt.
Für Personen, die sich nicht SED-konform verhalten,
kann es sehr unangenehm und schwer werden. Sie bekommen die ganze Härte des Gesetzes zu spüren.

Mette und Gerhard nahmen den Weg von der Pionier-organisation bis zur FDJ = Freie Deutsche Jugend als selbstverständlich hin. So wie Tausende trug Mette erst das blaue Halstuch mit weißer Bluse für Jungpioniere, und beide später das dunkelbaue Hemd mit dem FDJ-Symbol auf dem linken Arm.

Sie wünschen sich beide eine Familie, Gerd beginnt mit dem Studium und Mette arbeitet weiter in ihrem Beruf. Beide halten die Beziehung für stabil genug, und finden den Zeitpunkt für angemessen. Also heiraten sie im Sommer 1986. Mangels Ersparnisse wurde kein großes Fest gefeiert, und bei Mette wächst die Freude auf eine neue Aufgabe: Das erste Kind. Wie lange es dauern kann, bis sich Wünsche erfüllen, ahnt sie noch nicht. Das Schicksal stellt sie wieder auf eine harte Probe.

Wenn Wünsche in Erfüllung gehen

Von: Mette
An: Igor
Betreff: Es will einfach nicht klappen
Datum: 24.08.1986

Oh, mein lieber Engel, ich muss mich heute wieder etwas ausweinen bei dir. Wie du weißt, sind wir ja schon seit längerem am „Basteln", aber ich werde nicht schwanger. Untersuchungen haben ergeben, dass es bei Gerd am Studiumsstress liegen kann, und ich bin wohl ein zu zierliches Persönchen für dieses Vorhaben.

Oder beides zusammen? Ich wünsche mir doch so sehr ein Baby. Für DDR-Zeiten bin ich mit fast 25 Jahren schon eine ziemlich alte Mutter.

Im Durchschnitt sind meine Landsfrauen 19 oder 20 Jahre jung, haben die Berufsausbildung abgeschlossen, eine meist kleine bescheidene Wohnung gefunden, und…du kennst das ja.

Eines ist für mich aber ganz klar: mit 40 bekomme ich kein Kind mehr!

Oh, mein Igor, was soll ich machen? Deine Ratlose.

Von: Schutzengel
An: Mette
Betreff: Warum weinst du?
Datum: 02.09.1986

Ich begleite dich zum nächsten Arztbesuch. Versprochen!

Es hat lange gedauert. Gab es so viel zu besprechen? Noch kann ich es nicht einordnen: Enttäuschung oder Freude? Wenn ich die Blicke des älteren Mannes zum Schild des Frauenarztes und in dein Gesicht jetzt deute, vermute ich wohl richtig. Dein vehementes Kopfschütteln auf sein behutsames Eingehen „keine Angst Mädchen, das bekommst du auch noch groß" kann nur bedeuten: du wirst Mutter. Ich freu mich so für euch.

Siehst du, manchmal werden Wünsche wahr.

Im Frühjahr 1987 kommt Felix - viel zu früh - zur Welt, und wird noch lange auf der Frühchenstation aufgepäppelt. Mette ist richtig stolz auf ihren Erstgeborenen, auch wenn sie ihn in den ersten Wochen nur vom Balkon der Station aus durch eine kleine Scheibe sehen kann. Umgeben von Schläuchen und Apparaten sieht es viel schlimmer aus, als es ist. Auch der Tropf in seinem Kopf ist nur zu seinem Besten, dass er ihn nicht herausziehen kann, erklärt die mitfühlende Krankenschwester. Erst als sie im Frühsommer ihren kleinen Sonnenschein nach Hause holen darf, kehrt Erleichterung und pures Glück im Hause Zimmerer ein. Jedenfalls für Mette.

Die junge Mutter genießt ihr Familienleben. Der Sohn entwickelt sich zu einem lebhaften und wissbegierigen Kind, und holt schnell körperlich, vor allem aber mental auf. Für Mette bekommt das Leben erst jetzt seinen Sinn. Dem kleinen Mann die große Welt zeigen. So hat sie es sich immer gewünscht.

Während des Erziehungsurlaubes, der im Osten noch Babyjahr heißt, und wegen des fehlenden Krippenplatzes für Familie Zimmerer, bleibt Mette fast anderthalb Jahre zu Hause. In der Regel betreuen die Mütter ein Jahr lang ihren Nachwuchs daheim. Die Plätze in der Kinderkrippe sind in den Achtzigern sehr rar, und nur aufgrund des niedrigen Anfangsgehaltes des Vaters als Ingenieur wird ihnen ein Kita-Platz zugeteilt.

Der Alltag verläuft wie in den meisten Familien zu dieser Zeit. Die Mutter beginnt ihre Tätigkeit als Arztsekretärin. Der Vater ist im Dreischichtsystem im selben Betrieb tätig, in dem er auch vor der Armeezeit und dem Studium gearbeitet hat. Schon während der Schwangerschaft konnte Mette den handwerklichen Beruf nicht mehr ausüben, und deshalb - zum Glück lernt sie ja gern - absolvierte sie während der Erziehungszeit einen Schreibmaschinenkurs an der örtlichen Volkshochschule. Als ihr dann auf Empfehlung der Kursleiterin die Stelle im Krankenhaus angeboten wird, nimmt sie dankend an. Schnell arbeitet sie sich in das neue Aufgabengebiet ein, und überzeugt auch den skeptischen Chefarzt von ihren Fähigkeiten.

Die Eheleute gehen der Arbeit nach, pflegen einen guten Kontakt mit einem befreundeten Nachbarsehepaar, und sind ansonsten eher unauffällig. Die Mutterrolle füllt Mette aus, eigentlich könnte sie zufrieden sein. Und doch überkommt sie gelegentlich so ein Gefühl, das schwer zu beschreiben ist. Einerseits ist da die Freude über das Gedeihen des Stammhalters, diesen Ausdruck hört sie öfter vom älteren Nachbarn, und auf der anderen Seite ist da Etwas, das sie vermisst. Die Wärme, die Lebendigkeit und der Einfallsreichtum sind verloren gegangen? Oder waren noch nie da? Eine leise Ahnung macht sich breit, dass in ihrer Beziehung etwas nicht stimmen könnte. Warum holt der Vater seinen Sohn nicht auch mal aus der Krippe ab? Die drei

Schichten würden es ihm ermöglichen. Dem aufgeweckten Burschen fällt auch auf, dass Papa ihn nicht beim Spielen mit den anderen Kindern sieht.

Auch vor der Spätschicht bringt er ihn nicht etwas später zum Frühstück in die Kita, so dass er länger schlafen kann, und nicht so zeitig mit Mutti das Haus verlässt. Beim nächsten gemeinsamen Geburtstagsfest mit dem befreundeten Ehepaar bespricht Mette dieses Thema mit Freundin Ulrike. Selbst Mutter zweier Töchter im ähnlichen Alter, kann sie die Situation gut nachvollziehen. Ganz beiläufig redet ihr Ehemann Martin mit Gerhard, doch dieser sieht sich nicht veranlasst, seine Einstellung zu ändern, oder wenigstens zu überdenken. Martin ist entsetzt, im Hause Petermüller gibt es solche Probleme nicht. Er unterstützt seine berufstätige Frau wo er kann, und ist auch im Schichtdienst beschäftigt.

Mette hat genug zu tun, um weiter darüber nachzudenken. Haushalt, Arbeit, Kindererziehung und Eheleben erfordern ihre ganze Aufmerksamkeit. Die Großeltern zeigen auch wenig Interesse am Aufwachsen des ersten Enkels, wie in Mettes Familie, und dem fünften Enkelkind in Familie Zimmerer. Gerds Vater ist zu diesem Zeitpunkt nicht mehr berufstätig, und doch ist es ihm kein Bedürfnis, den knapp Dreijährigen als Mittagskind abzuholen. Das ist zu dieser Zeit der Renner. Nach dem Mittagessen abgeholt zu werden, und den Mittagschlaf zu umgehen, das steht hoch im Kurs der kleinen Helden. In ruhigen Momenten beschleicht Mette immer wieder eine nicht einzuordnende Ohnmacht. Gemeinsamkeiten des Ehemanns mit ihrem Vater schleichen sich ins Bewusstsein. Irgendetwas fehlt uns. Aber was?

Sie sollte die Antwort an einem ungewöhnlichen Ort bald bekommen.

Mauerfall und Familienglück

Die politische Lage in Ostdeutschland spitzt sich zu. Im Süden des Ostens, überwiegend im Raum Leipzig, werden die Unzufriedenheit, die fehlende Reisefreiheit und der allgemeine Frust über die prekäre Situation nicht nur während der Montagsdemonstrationen laut. Immer mehr Menschen lehnen sich gegen das sozialistische System in der deutschen, und wenig demokratischen Republik auf. Vorbei ist die Zeit, in der sich die Werktätigen und anderen Betroffenen bevormunden lassen wollen.

Am 9. November 1989 fällt die Berliner Mauer!

Für Familie Zimmerer ändert sich vorerst nicht viel. Verwandte im Westen sind nicht zu besuchen, die finanzielle Situation bleibt unverändert, und da sie sich nicht grundlegend eingesperrt fühlen, hält sich die Euphorie in Grenzen. Gleichwohl nehmen sie Anteil an den kommenden Ereignissen, und verfolgen im Fernsehen und Freundeskreis die Begegnungen und Wiedersehenstaumel aller Beteiligten.

Bei Mette wächst der Wunsch nach dem zweiten Kind, denn Felix macht ihnen viel Freude, und irgendwie sind sie dann erst eine richtige Familie, und nicht nur ein Ehepaar mit Kind. Zu groß soll der Altersunterschied nicht werden. Mit Dreißig sollte eine Frau so viele Kinder haben, wie sie möchte. Und Mette möchte nur zwei.

Generalstabsmäßig geplant geht sie nun das Thema an, Gerd ist da etwas leidenschaftsloser, und harrt der Dinge, die da kommen, oder eben auch nicht. Freude auf ein Kind drückt sich anders aus. Überhaupt fragt er selten, wie es der Gattin geht. Interessiert es ihn nicht? Bekannt und befremdlich zugleich. Seine Bedenken, Wünsche oder Träume äußert er selten. Mette weiß oftmals nicht, woran sie bei ihm ist. Freut er sich denn über einen zweiten Sohn, oder macht eine Tochter für ihn das Familienglück komplett? Sie kommt nicht an ihn ran. *Sie berührt nicht sein Herz*. Von ihrem Vater ist ihr dieses Verhalten bekannt. Bevor sich Maiko angemeldet hat, war auch die Harmonie bei den Majers nicht mehr vorhanden. Mette hat sie nicht gespürt. Sie befürchtet, ein Mädchen würde nicht geachtet werden, und das gleiche Schicksal erleben, wie sie selbst. Kann Gerd seine Liebe teilen, wenn doch die Aufmerksamkeit für den Erstgeborenen schon nicht so groß ist? Wahrscheinlich fehlt ihr eine Portion der Gemütlichkeit, die sie sich jetzt von ihrem Ehemann abschaut.

Es dauert nur wenige Wochen, und Mette diagnostiziert in der Sauna die ersten Veränderungen. Soll sich nun ihr Wunsch erfüllen? Ja, und die Freude ist grenzenlos. Mette und Felix jedenfalls zeigen sie auch, schließlich wird er dann mit seinen fast vier Jahren ein großer Bruder sein. Dieses Mal fahren die Eltern gemeinsam zur Geburt ins Krankenhaus. Den Moment, als die glückliche Mutter ihre Tochter Felina in den Armen hält, wird Mette nie vergessen. Und der Vater?

Auch in diesen emotionalen Stunden zeigt er kaum Ge-
fühlsregungen.

Es ist etwas passiert! Irgendetwas ist jetzt anders,
aber Mette muss sich erst mal erholen.

Der Alltag mit zwei kleinen Kindern ist anstrengend
aber schön. Sehr schön. Für Mette ist ein sehnlichster
Wunsch in Erfüllung gegangen. Und dann noch ein Pär-
chen bekommen zu haben. Mit 29 Jahren ist sie nun
am Ziel ihrer Familienplanung angekommen, und es
fühlt sich gut an. Gerd ist jetzt für das kommende Jahr
- oder etwas länger - der Hauptverdiener. In seiner Tätigkeit als Konstrukteur hat er seinen Platz gefunden.

Auch zu diesem Zeitpunkt, im wiedervereinten
Deutschland 1991, geht der Alltag im Hause Zimmerer
wie gewohnt weiter. Sie ziehen gewissermaßen einen
Ossi und einen Wessi groß. Dennoch zeigen sich mit
der wachsenden Arbeit im Haushalt, der Verantwortung für zwei kleine Kinder, die Mette sehr ernst nimmt,
und der fehlenden Unterstützung ihres Ehemannes bei
der jungen Mutter häufiger Anzeichen von Unwohlsein.
Ja, Unzufriedenheit macht sich breit. Die Stunden im
Kreißsaal haben etwas in Mette ausgelöst. So verhält
sich doch kein Paar, das so ein Glück hat, zwei ge-
sunde Kinder genießen zu können. Ja, für Mette ist es
genau dieses Gefühl. Der liebevolle Umgang von Felix
mit seiner kleinen Schwester bestärkt sie darin, und
macht sie stolz auf ihre Familie.

Im kommenden Jahr wird die Firma des Ernährers „abgewickelt". So nannte man die Aktivitäten, mit denen die Unternehmensberater aus dem ehemaligen Westen kommend, den ostdeutschen Werken und Kombinaten beratend zur Seite standen.

Erst viele Jahre später wurde das ganze Ausmaß und die nachweisbar fehlende Sorgfalt und Sensibilität, mit der die Treuhand ihre Entscheidungen traf, deutlich. Für Gerd bedeutete dies: Innerhalb weniger Wochen verlor er seinen Arbeitsplatz und absolvierte eine berufliche Weiterbildung. Mit dem neu erworbenen Zertifikat findet er eine Anstellung, die auch seiner Qualifikation als Maschinenbauingenieur entspricht.

Mette nimmt ihre Arbeit im Arztsekretariat wieder auf, und die Eheleute leben nebeneinander her. Das fällt mehr den Freunden und Bekannten auf als ihnen selbst. Zunächst erstmal. Gespürt hat Mette es schon, als die Kleine geboren worden war.

So hat sie sich das Familienleben nicht vorgestellt. Und dabei wollten sie es doch besser machen. Die Erinnerungen an den Alltag in ihren Herkunftsfamilien sind bei beiden noch präsent. Nicht so einfach, eine harmonische Ehe zu führen, sich gemeinsam um die Kinder zu sorgen, und seiner Arbeit nachzugehen. Mit Freunden treffen und Hobbys oder Interessen pflegen wäre auch noch ein Thema. Nicht für die Zimmerers. Das wird Mette jetzt erst richtig bewusst. Es funktioniert besser in den Familien der Freundinnen. Oder im Hause Petermüller ergänzen sich Ulrike und Martin auch, obwohl Schichtsystem und geteilte Arbeitszeiten den Alltag bestimmen.

Sie teilen sich die Kindererziehung, finden Zeit für Besuche der Angehörigen und Freunde, und verbringen viel Zeit im Garten. Das gibt Mette zu denken! Steuern sie auf eine Ehekrise zu? So darf es nicht weitergehen. Mutter und Kinder brauchen zum Glücklichsein die Unterstützung des Familienoberhaupts. Mit diesem Wort sind ihre Gedanken wieder bei ihrem Vater. Die Befürchtungen, dass ihre Tochter vom Papa nicht geliebt werden würde haben sich nicht bestätigt. Trotzdem fallen nun unweigerlich Parallelen auf. Was eine Trennung bedeuten würde, will sich Mette gar nicht erst vorstellen. Es ist wieder an der Zeit, denn es kann jetzt nur ein Wesen helfen, die Situation einzuordnen.

Von: Igor
An: Mette
Betreff: Das gibt mir auch zu denken!
Datum: 14.05.1994

Auch ich mache mir wieder einmal Sorgen um meine Familie Zimmerer. Ihr geht doch seit einigen Monaten nicht herzlich miteinander um. Ich meine nicht den Umgang zwischen dir und den Kindern. Wenn ich euch Eheleute beobachte, läuft mir immer wieder ein eiskalter Schauer über den Rücken. Und du, liebe Mette, willst es immer noch nicht wahrhaben?

Nicht Gegensätze ziehen sich an. Da steckt das Wort *gegen* doch schon drin. Ein gemeinsames Ziel zu verfolgen ist des Rätsels Lösung. Aber nach Gemeinsamkeiten habt ihr nicht gesucht.

Abwarten und Tee trinken reicht eben nicht aus. Die Kinder wollen versorgt, der Alltag organisiert werden, und ihr solltet euch Zeit zu zweit freihalten. Es ist also wenig verwunderlich, dass es so weit gekommen ist. Ihr habt die Kinder zu eurem Lebensmittelpunkt gemacht. Außer Arbeiten, Essen, Schlafen gibt es nicht viel mehr. Gerd reicht es so aus. Zumindest habe ich den Eindruck. Verständlich aus seiner Sicht, denn den Rest erledigst ja du.

Das musste ich loswerden!
Klingt nicht angenehm für dich, ich weiß, aber die Wahrheit tut manchmal weh.
Denk drüber nach, und melde dich. Dein Engel.

Von: Mette
An: Engel
Betreff: RE.AW: Das gibt mir auch zu denken!
Datum: 15.05.1994

Liebster Ratgeber,
das waren harte Worte, und ich habe den ganzen Tag darüber nachgedacht. Ich komme zu der Erkenntnis: unsere Ehe ist gescheitert. Kann man das so sagen? Wie soll ich es sonst ausdrücken, wenn mir immer klarer wird, dass eine Aufrechterhaltung immer mehr auf meine Kosten geht, und die Kinder es auch spüren. Und was bedeutet das für die Zukunft? Wie verändert

sich der Alltag? Alleinerziehend mit zwei kleinen Kindern zu sein. Ich kenne einige Bekannte in ähnlicher Situation.

Sie haben ziemlich zu kämpfen, und uns würde es nicht anders ergehen. Von wem könnten wir Unterstützung erwarten? Du merkst schon, mein Lieber, ich bin noch im Konjunktiv. Auch der Verstand sagt, es wird sich nichts mehr ändern, dennoch fühlt es sich noch fremd an. Möchte an die Kinder denken. Nehme ich ihnen mit dieser Entscheidung den Vater, der sie auch bis jetzt nicht umsorgte?

In den Neunzigern, gleich nach der Wende, gehen viele Ehen auseinander. Die politischen Veränderungen bedeuten auch privat für viele neue Westdeutsche besondere Einschnitte. Einige kommen beruflich voran, andere nutzen die Reisefreiheit, und für wenige ändert sich nichts. Und Mette Zimmerer will genau was?

Sie gibt der Beziehung noch eine Chance, dem Vater die Möglichkeit, sich einzubringen, und sich selbst die letzten Zweifel auszuräumen.

Ihm muss doch auch an einem harmonischen Familienleben gelegen sein.

Ich danke dir.

Wichtige Entscheidungen

Mette sieht keine realistische Chance, ihre Ehe noch zu retten. Sie haben mehrere Gespräche geführt - soweit man das passive Zuhören von Gerd so nennen kann - und sich kein Stück aufeinander zu bewegt. Erstaunlich!

Noch immer fühlt sich der Ehemann im Recht. Mettes Bemühungen kosten ihr unwahrscheinlich viel Kraft. Und Gerd bleibt stoisch, fast so, als wolle er ihr zeigen, wer hier der Herr im Hause ist. Sie kann es nicht fassen. Wieder kann sie sein Herz nicht erreichen. Wieder überkommt sie dieses unheimliche Gefühl, dass er auch als Vater kein Interesse am Wohlergehen seiner Kinder zeigt, und mehr noch: sogar Verständnis von ihnen erwartet. Unfassbar!

Sie muss der Realität in die Augen sehen, auch wenn sie ihr immer noch unbegreiflich erscheint.

Im Frühjahr 1996 wird die Ehe der Zimmerers geschieden. Die Kinder leben bei der Mutter. Der Vater hat eine Anstellung im weiter entfernten Landkreis aufgenommen. Mette ist noch im Krankenhaus tätig. Jetzt ist doch eingetreten, wovor die alleinerziehende Mutter so große Angst hatte: Ihre kleine Familie ist auseinandergebrochen. Aus ihrer Sicht hat sie alles Erdenkliche versucht, um die Beziehung zu retten. Aber wenn es nur noch auf ihre Kosten gehen soll? Nein, Mette steht zu ihrem Entschluss, den sie sich nicht leicht gemacht hat, und muss nun nach vorne schauen. Obgleich die Verantwortung für Kinder und Haushalt, und auch den Familienfrieden, immer schon bei ihr lag, fühlt sich die neue Situation noch ungewohnt an. Mutti hat es auch geschafft, ihre drei Kinder allein zu vernünftigen Erwachsenen zu erziehen. Mette schafft es auch.

Felix ist nun neun Jahre, und für sein Alter schon sehr selbstständig. Wie sehr sie seine Verlässlichkeit noch brauchen wird, ahnt Mette noch nicht. Felina besucht noch im letzten Jahr den Kindergarten, und nach einer Mutter-Kind-Kur an der Ostsee haben sich alle drei von den Strapazen, in die sie das Familienoberhaupt aus falschem Stolz und Gekränktheit brachte, erholt.

Im christlich geprägten Krankenhaus bekommt Mette bald zu spüren, dass eine geschiedene Frau nicht mehr zum Leitbild der Kirche passt. Als die Arbeitszeit auf die Hälfte reduziert wird, entschließt sie sich zu einer beruflichen Weiterbildung, um tagsüber für die Kinder da zu sein. Es folgen Bewerbungen in der Handwerksbranche mit dem neu erworbenen Zertifikat.

Mette wird auch eingestellt, aber die Arbeitszeiten am späten Nachmittag kann sie nicht mit der Kinderbetreuung vereinbaren. Nach mehreren Anstellungen, für die auch Fördergelder gezahlt werden, kommt sie zu dem Entschluss, dass ihre Perspektive wohl nicht in der näheren Umgebung liegt. Sie ist immer von jemandem abhängig. Das stört sie maßlos, und macht sie wütend.

Wenn sich eine Frau für Kinder entschieden hat, kann sie nicht jedes Arbeitsangebot annehmen, und gleichzeitig die Kinder versorgen. Sie kann sich nicht zwischen Arbeit und Kindern entscheiden. Es gibt für sie kein entweder oder. Ein längeres Gespräch mit Gerhard und den Kindern bringt Klarheit, und Mette zu der Erkenntnis: Du musst dorthin wo es Arbeit für dich gibt.

Im Spätsommer 2001 ziehen die zehn- und vierzehnjährigen Kinder zum Vater, und Mette für die neue Arbeit nach Bayern um.

Von: Mette
An: Igor
Betreff: Im Prinzip gute Nachrichten
Datum: 20.02.2002

Hallo Engel,
Nun bin ich schon fast am Ende meiner Probezeit, und ab heute Abend steht die Entscheidung fest, ob ich von der Firma übernommen werde. Mir gefällt es richtig gut im Team, die Arbeit liegt mir, viel zu organisieren, mit den Außendienstmitarbeitern kommunizieren, und nicht zu vergessen: Cappuccino kochen. In der WG harmonieren wir vier auch besser. Ja, ich denke, diese Entscheidung war richtig. Nach langer Zeit verdiene ich wieder so viel Geld, dass ich mir Kleinigkeiten außer der Reihe leisten und für meine Kinder sorgen kann. Nicht nur finanziell, sondern auch psychisch und mental bin

ich hier besser drauf. Ich genleße das Leben wieder. Wenn nur die Sehnsucht nach den Kindern nicht so groß wäre. Um sie regelmäßig sehen zu können, übernehme ich die Fahrkosten, auch wenn ich es mir gar nicht leisten kann. Schließlich zahle ich über ein Drittel des Gehalts an den Vater für den Unterhalt. Aber ich kann nicht anders.

Sei ganz lieb gegrüßt von deiner Mette.

Von: Schutzengel
An: Mette
Betreff: Gute Nachrichten
Darum: 14.10.2003

Liebe Mette,
Ja, es sind gute Nachrichten. Glaub an dich und genieße das Leben! Jetzt bist du schon seit zwei Jahren in der *Weltstadt mit Herz*. Hast dich gut eingearbeitet, fühlst dich auch auf deiner Arbeitsstelle pudelwohl, und - wie ich es wohlwollend beobachte - geht es dir in der wunderschönen 1-Raumwohnung in Unterhaching, im Süden Münchens, besser als in eurer Wohngemeinschaft. Mit drei jungen Leuten zusammen Bad und Küche zu teilen, die Privatsphäre eingeengt hinzunehmen, das fiel dir manchmal schwer. Wenn dann noch das Heimweh dazu kam, blieb dir nur noch der Rückzug. Aber Kompliment, du hast dich wacker geschlagen. Be-

sonders stolz bin ich aber heute auf dich: Nach reiflicher Überlegung und längerer Wartezeit als üblich, hast du heute Abend deine erste Vorlesung an der Ludwig - Maximilians -Universität zu München. Glückwunsch, und ich freue mich auf *unser* Studium der Betriebswirtschaftslehre.

Weiter so!

Von: Mette
An: Igor
Betreff: Anstrengend aber schön
Datum: 07.03.2004

Hallo Igor,
ach, lieber Engel, tut ein Lob von dir doch gut. Das Studium läuft gut, macht mir viel Freude, und nächste Woche ist das erste Semester schon zu Ende. Du kennst mich ja, ich lerne gern, und das hilft mir, den stressigen Alltag zu meistern. Frühstück und Dusche ab Sechs, U -und S -Bahnfahrt kurz vor Sieben, und Arbeitszeit bis Fünf am Nachmittag. Möglichst pünktlich aus dem Büro kommen, denn um Achtzehn Uhr beginnt die Vorlesung, zu der ich eine knappe Stunde unterwegs bin. Konzentration bis Neun am Abend, und kurz vor Zehn - gefühlt nach Mitternacht - aufpassen, dass ich nicht bis zum Endhaltebahnhof der U-Bahn mitfahre.

So halte ich von Montag bis Freitag durch. Alle zwei Wochen sind Samstagsvorlesungen. Da bleibt mir oftmals nichts anderes übrig, als die pauschal bezahlten Überstunden am Sonntag in der Firma abzuleisten. Dies ist natürlich nicht im Sinne des katholischen Leitgedankens, aber zu dieser Erkenntnis kommst du ja selbst. Ich kann dir sagen, das schlaucht ungeheuer, und ich frage mich, wann ich mich auf die Klausuren vorbereiten soll? Ich muss Prioritäten setzen, sonst werde ich das Ende des zweiten Semesters nicht erreichen.

Darüber denke ich am Sonntag ganz in Ruhe nach, denn jetzt wandert der keine Zeiger auf die Zwölf zu.

Ich fühl mich wie durch den Fleischwolf gedreht. Eine gute Nacht wünscht d….

Von: Mette
An: Schutzengel
Betreff: SOS. Mette in Not
Datum: 10.03.2004

Entschuldige, ich bin's schon wieder. Ich mach's kurz: mein Studienabschluss ist in Gefahr!!! Nach dem gestrigen Gespräch mit dem Chef lautet die Botschaft: Fortsetzung des Studiums nicht erwünscht! Hab nicht schlauer zu sein als die Vorgesetzte, und andere *triftige* Gründe wurden angeführt. Sogar mehr Geld wurde geboten, wenn ich *es* aufgebe. Bin wie vor den Kopf gestoßen, brauch deinen Rat. Danke schon mal, M.

Von: Igor
An: Mette
Betreff: SOS
Datum: 13.03.2004

Wie kann ich dir helfen, meine Liebe? Ich spüre deine Not und Zerrissenheit. Und doch weiß ich nicht, was ich dir raten soll. Suche in der kommenden Woche bitte noch mal das Gespräch mit dem Geschäftsführer, und trage ihm deine Argumente und Beweggründe ruhig und sachlich vor.

Ich bin sicher, ihr werdet eine Lösung, oder einen Kompromiss finden.

Von: Mette
An: Schutzengel
Betreff: Umzug
Datum: 27.07.2004

Lieber Engel, ich bin im Umzugsstress, und das ist gut so! Heute geht es wieder nach Hause in die Heimat, und vor allem zu den Kindern. Wie du dir bereits dachtest, fand sich nicht der von uns beiden gewünschte Kompromiss. Der ausschlaggebende Impuls zum Umzug war dann die Information, dass ich das Studium in Heimatnähe nur ab dem dritten Semester fortführen kann. Ansonsten ist ein Neubeginn notwendig. Das geht ja gar nicht, und nicht nur aus finanziellen Gründen. Ich habe ein gutes Bauchgefühl, und denke, auch diese Entscheidung ist richtig. Es fühlt sich gut an, wieder zu Hause zu sein, und du bist bei mir. Jipppiii.

Die folgenden Monate bedeuten für Mette vor allem Neuorientierung, Prioritäten setzen, und die Erkenntnis, dass sie nach drei Jahren nicht dort weiter machen kann, wo sie vor dem Umzug nach München aufgehört hat. Es hat sich doch sehr viel verändert, obwohl es keine lange, aber sehr intensive Zeit im Süden war.
Wie nachhaltig diese Erfahrung sie prägen würde, ahnt Mette jetzt noch nicht.

Sehnsucht

Der Bekanntenkreis war vor der Abreise schon auf ein überschaubares Maß geschrumpft, dafür kamen neue Freundschaften hinzu. Berufliche Perspektiven ergeben sich, noch frisch in der Heimat zurück, nicht viele. Mehrere selbstständige Tätigkeiten in der Versicherungs -und Finanzdienstleistungsbranche, auch vertriebsorientierte Angebote gibt es nach Erscheinen ihrer Anzeige, die sie noch aus Bayern geschaltet hat. Ob dort etwas Passendes dabei ist? Mette wird es in den nächsten Wochen und Monaten herausfinden. Sie möchte weder quer -noch wiedereinsteigen. Was genau damit gemeint ist, geben die Inserierenden nicht an. Einfach arbeiten gehen, und Geld verdienen. Das kann doch nicht so schwer sein! Ist es aber doch, zumindest, wenn man von dem Verdienst leben möchte.

Die erste Priorität liegt jetzt auf der Fortsetzung des Studiums. Von nun an heißt es wieder: mit deutlich weniger Geld auszukommen, und alle Studienkosten weiterhin allein zu tragen. Das letzte Zuhause im *17cm²-Wohnklo* war unerträglich.

Ja, es war so schlimm: im Flur die Küche, im Bad der Abwasch, im Wohnzimmer der Kühlschrank, und auf dem Balkon die Ottomane der Couchgarnitur hochkant aufgestellt, da sie nicht mehr in's Wohnzimmer passte. Einfach gruselig, und nichts für Klaustrophobiker wie Mette. In der Heimat bewohnt sie für Einhundert Euro mehr eine knapp Sechzig-Quadratmeter-Wohnung. Das ist der Unterschied zwischen Ost und West, der immer im Zusammenhang mit dem Einkommen, der Wohngegend und den persönlichen und sozialen Gegebenheiten zu sehen ist. Wenn Mette weiter kommen will im Leben und im Beruf, was ja wiederum eng zusammengehört, wie ihr gerade schmerzlich klar wird, muss sie kämpfen. Und sie ist eine Kämpfernatur, ein Stehaufmännchen.

Das Studium kann Mette im heimischen Potsdam ab dem dritten Semester fortsetzen. Nach kurzer Zeit schließt sie sich einigen Kommilitonen an, und es entwickeln sich neue Freundschaften, die schnell über das gemeinsame Lernen hinaus gehen. Zu dritt verbringen sie viele fröhliche Stunden bei einem Glas Wein nach bestandenen Klausuren.

Berufsbegleitend studieren, am Leben der Kinder mehr teilhaben, und eine spannende berufliche Herausforderung finden, so ist das Leben der Optimistin wieder in Ordnung.

Die Kinder leben weiterhin beim Vater, und Mette möchte sie nicht aus dem gewohnten Umfeld herausreißen.

Finanziell schränkt sie sich ein, diese Situation ist ja nicht neu, und wenn eine neue Arbeit gefunden ist, kann sie auch mit der Unterhaltszahlung fortfahren.

Wie sehr ihr dieser Trugschluss später zum Verhängnis werden soll, ahnt Mette noch nicht.

Von: Mette
An: Engel
Betreff: Wollt nur mal wieder von mir hören lassen
Datum: 03.08.2009

Guten Morgen, mein Lieber, ich weiß, du hast dich um so viele Menschen zu sorgen, darum hab ich mal eine Pause eingelegt. Wollt mein Leben selbst in die Hand nehmen, aber es ist schwer. Im Moment gleitet mir eher Alles durch die Finger. Ich kann es gar nicht beschreiben.

Schön ist:

Felix steht mit seinen zweiundzwanzig Jahren fest im Leben, hat seine Berufsausbildung erfolgreich abgeschlossen, und bekommt noch den Nebenjob und das Fitnessprogramm unter einen Hut. Zu seinen Freunden zählen nach so vielen Jahren auch Jungen aus der Kindergartenzeit. Einfach bewundernswert. Mehr kann man sich als Mutter nicht wünschen, ich bin sehr stolz auf meinen Sohn. Ein wunderschönes Gefühl, wenn ich weiß: wir sind füreinander da.

Auch Felina entwickelt sich zu einer hübschen, einfühlsamen und intelligenten jungen Frau. Ja, diese Kombination ist heutzutage höchst selten anzutreffen. Entweder sind äußerliche *oder* innere Werte bereits im Teenageralter zu erkennen. Bei einigen Jugendlichen sucht man noch als Erwachsene vergeblich. Ich bin so froh und dankbar, dass ich meine Feli hab. Du hast es schon so oft von mir gehört: Die schönsten Momente meines Lebens habe ich meinen Kindern zu verdanken. Zwei Kindern zu selbstbewussten positiven Erwachsenen zu erziehen, fiel mir manchmal schwer, kostete viel Kraft und Energie, und doch ist es eine der schönsten Aufgaben im Leben einer Frau. Wie sehr wir Drei oftmals mit unserem Schicksal haderten, hast du ja hautnah miterlebt.

Nicht schön ist:

Das größte Problem - finanziell ausreichend für meine Kinder und mich zu sorgen - ist bis jetzt noch nicht gelöst. ABM = Arbeitsbeschaffungsmaßnahmen, schon dieser Name, Geringverdienst, befristete Tätigkeiten und geringfügige Beschäftigungen sind auf dem heimatlichen Arbeitsmarkt vorherrschend. Ich sehe gerade das Fragezeichen in deinen Augen, darum eine kurze Erklärung zum Letztgenannten:

Einer geringfügigen Beschäftigung, auch als Minijob bekannt, geht jemand nach, der sich bis zu Vierhundert Euro zum Arbeitslosengeld 2, besser bekannt als Hartz IV, dazu verdienen möchte.

Soweit ganz löblich, ist aber bei genauer Betrachtung eine Mogelpackung, denn davon darf der Arbeitsuchende nur Einhundertundsechzig Euro behalten. Der Rest wird auf das Arbeitslosengeld angerechnet. Er kann auch gleich einen Zuverdienst in Höhe dieser Summe vereinbaren, das spart Kosten auf beiden Seiten, kann aber zu Versicherungsproblemen führen, und bei vorzeitiger Beendigung erhebliche Nachteile für den Minijobber bringen. Selbst wenn Fördergelder fließen, haben die potenziellen Arbeitgeber die Möglichkeit, variabel zu entscheiden. Soll heißen: Fällt der materielle Anreiz zu gering aus, wird der Bewerber nicht als Teilzeitkraft, sondern auf Vierhundert-Euro-Basis als Minijobber eingestellt. Diesen Spielraum dürfte es nicht geben! Darum meine Bitte an dich: Vermittle mir doch bitte einen Termin mit dem Verantwortlichen aus der Politik, ich hab da noch einige Fragen.

Mit großen Bedenken für meine berufliche Zukunft, trotz nun abgeschlossenem BWL-Studium, verabschiedet sich deine Mette für heute.

Von: Igor
An: Mette
Betreff: Wir müssen reden!
Datum: 10.01.2010

Ich mach mir Sorgen um dich!

Seit Jahren, nein Jahrzehnten, beobachte ich, wie du dich schonungslos um eine neue Tätigkeit bemühst, und bewundere dich für deinen Ehrgeiz und deine Geradlinigkeit. Dieses zeitlich, psychisch und physisch, vor allem aber materiell anstrengende Studium abends, nachts und am Wochenende durchgehalten zu haben, nötigt mir gehörigen Respekt ab. Nicht auszudenken, wenn du keine Möglichkeit bekommst, in deinem neuen, und jetzt zweiten Beruf eine interessante Aufgabe zu finden. Wie soll sich das Alles rechnen? Von den Studienkosten insgesamt, den Heimfahrten für dich und die Kinder, sowie den ausstehenden Unterhaltszahlungen, die du ja nicht vom Arbeitslosengeld zahlen kannst, ganz zu schweigen. Die Mietkaution für die Münchner Wohnung war noch in der dortigen Wohnungsverwaltung gebunden, während für die heimatliche Bleibe bereits Genossenschaftsanteile in vierstelliger Höhe beim Einzug fällig wurden. Ich sehe das auch als sehr große Herausforderung an, und kann dir nur den Rat geben, nach einer gut bezahlten Arbeit zu suchen. Wenn du nicht mehr weiterweißt, schreib mir gern wieder. Versprich es mir! Dein Schutzengel macht Überstunden.

PS: Ich habe leider keine Kontakte zur Wirtschaftspolitik wegen des Minijobthemas.

Die Wochen vergehen wie im Fluge, und Mettes berufliche Situation hat sich nicht verbessert. Kein Arbeitsangebot, mit deren Gehalt sie wenigstens raus aus Hartz IV kommen würde.

Das ist doch das Mindeste, denkt sich die immer noch Motivierte, aber nun schon Endvierzigjährige. War das Alles? Es ist ihr gut gelungen, die Kinder zu selbstständigen Erwachsenen zu erziehen, unter schwierigen Bedingungen das Studium zu beenden, aber einen Job zu finden, von dem sie (gut) leben kann, ist seit Jahren aussichtslos. Ist das der Preis, den sie zu zahlen hat? Mette sucht nach den Ursachen und zieht Bilanz:

Okay, der Arbeitsmarkt hat sich stark verändert, der Niedriglohnsektor ist dramatisch angestiegen, die Zeitarbeits -und Personalagenturen übernehmen einen großen Teil der Vermittlungsarbeit.

Okay, auch gut qualifizierte BewerberInnen gehen für unter 6 Euro Netto pro Stunde arbeiten; das heißt, Mette verdient bzw. bekommt ca. die Hälfte eines Jungfacharbeitergehalts. Oder: Ihre Kinder verdienen knapp das Doppelte!

Okay, das Alter wird nicht als Gewinn für ein Unternehmen angesehen, die Lebens -und Berufserfahrungen lassen sich auch schlecht in Zahlen ausdrücken, viel eher die *Restarbeitszeitjahre* beziffern, um zu entscheiden, ob die Einstellung noch lohnt.

Die Liste wäre noch fortzusetzen, aber Mette sieht zum ersten Mal klar und deutlich, wie ernst die Lage nun ist. Was ist schiefgelaufen? Wann hat sie die Weichen falsch gestellt? Welche Entscheidungen führten sie in die andere Richtung? War es nicht richtig, für die Kinder da zu sein? Fragen über Fragen, und nur ein Vertrauter kann ihr einen Rat geben, hoffentlich.
Auch Berufsoptimisten erwischt es manchmal ganz kalt.

Ein vielversprechender Aushang erregt Mettes ungeteilte Aufmerksamkeit.

Mette im Rausch

Von: Mette
An: Engel
Betreff: Spruch des Tages
Datum: 15.02.2010

Jüngere können schneller rennen, aber Ältere kennen die Abkürzung.

Na, wie gefällt dir mein Spruch des Tages? Diesen Satz habe ich vor einigen Tagen aus einem Gespräch zwischen zwei Frauen mittleren Alters aufgeschnappt. Ich war wieder in meinem zuständigem Jobcenter, und nach Abgabe meiner Unterlagen fiel mir ein Infoblatt am Empfang auf: Leben und Arbeiten in Skandinavien. Vier Länder senden sogenannte EURES-Berater nach Berlin, und informieren vor Ort im Stundentakt über Arbeits -und Lebensbedingungen in ihrer Heimat. Wie du dir denken kannst, war ich natürlich dort. Ganz viele Informationen, sehr interessante Einblicke, und vor allem kam von jedem der Landsleute die unbändige Lebensfreude, Zufriedenheit und eine große Portion Heimatstolz bei den Zuhörern an.

Das hat mich gepackt, und wie ich später merken sollte, nachhaltig geprägt. Auf der Zugfahrt nach Hause entschied ich mich für Norwegen! Punkt. Fertig. Aus. Kann es nicht erklären, aber es fühlt sich richtig an. Besorgte mir also einen Sprach -und Lernkurs, und hatte wieder eine neue sinnvolle Aufgabe. In den kommenden Wochen saugte ich alles auf, was ich über Land und Leute erfahren konnte, und das war nicht nur eine neue Sprache. Schon nach wenigen Lektionen konnte ich mir vorstellen, in diesem fremden und doch so vertrauten Land zu leben. Verrückt! Hoffnung, Perspektiven oder berufliche Alternativen gibt es hier in Deutschland für mich offensichtlich nicht mehr. In diesen Tagen wird es mir immer wieder bewusst. Auch die Tatsache, dass ich zurzeit keinen Unterhalt für die Kinder zahlen kann, macht mir zu schaffen. Dies war nur in eingeschränkter Höhe in der Heimat möglich. Aber das hab ich dir ja schon erzählt. Kannst du mir sagen, welche

Entscheidung jetzt die Richtige ist? Ich zähl auf dich, und wünsche dir noch einen wunderschönen Tag.

Wie im Rausch fühlt sich Mette, seitdem sich die Vorstellung vom Leben und Arbeiten im hohen Norden in ihrem Kopf verankert hat. Nicht zu verstehen, geschweige denn zu begreifen, und doch ist er da. Der Drang, es umzusetzen. Ein Gespräch mit dem Arbeitsvermittler bringt Klarheit, und Mette zum Intensiv-Sprachkurs nach Berlin. Der Unterricht ist von der ersten Stunde an aufbauend, motivierend und richtig erfrischend. Noch immer wird Mette des Lernens nicht müde.

Sehr einfühlsam und doch fordernd geht der Lehrer auf die Schülerin ein, und als zum Kursende in Vertretung die Muttersprachlerin Tove das Gelernte abfragt, fällt Mette die Anstrengung des Tages erst auf, als sie mit der U-Bahn in die Gegenrichtung fährt. Zum Kursinhalt gehören auch die gezielte Stellensuche und die Vorbereitung auf Bewerbungsgespräche in einer norwegischen Firma. Spannend und unwirklich zugleich. Sie hat das Gefühl, sie stünde direkt im Krankenhaus - entsprechend einer Bewerbung als Arztsekretärin - und schaut vom Fjord in Kristiansand. Doch im nächsten Augenblick erscheint es ihr so unheimlich weit weg. Das Internet macht es möglich, dass wir diese Bilder so lebendig erleben. Was heißt das nun für Mette? In dieser Situation bekommt sie ein Arbeitsangebot aus Norwegen.

Wie wird sie sich entscheiden?

Von: Schutzengel
An: Mette
Betreff: Tue nichts Unüberlegtes
Datum: 21.10.2010

Ich bin so froh, dass du noch im Lande bist. Heute ist dein Bewerbungsgespräch in Norwegen, und es findet nicht statt. Gut so! Du denkst jetzt: Der hat gut reden, aber glaube mir, meine Liebe, das Risiko ist zu groß. Dein autodidaktischer Einzelkurs war der erste Schritt, und ich hab bemerkt, wie gut er dir getan hat.

Der Berliner Sprachkurs hat dich ganz schön gefordert, das hast du ja selbst festgestellt. Auch kann ich gut deine Euphorie über die Einladung zum Gespräch dorthin nachvollziehen. Schön, dass es soweit kam. Was du auf dich lädst, um Geld zu verdienen, ist bewundernswert. Aber: Hier brauchst du finanzielle Reserven. Wann wolltest du sie angespart haben, wenn das Studium noch nicht refinanziert ist? Emotionale Stabilität und spezielle Branchenkenntnisse, die wiederum zu übersetzen sind, wären auch von Vorteil, um einen Start im fremden Land zu meistern. Vor einer körperlichen Überforderung muss ich dich warnen, und erinnere dich an deine Krankheit im Jahre 2006, die dich von der Straße auf den OP-Tisch brachte. Bitte keine übereilten Handlungen! Damit ist Niemandem geholfen.

Sei nicht traurig, deine Chance kommt.

Jeg ønsker deg også en fint dag. Ha det bra, Mette.

Von: Mette
An: Igor
Betreff: Danke für die Warnung
Datum: 23.10.2010

Danke für den Wunsch nach einem schönen Tag. Oho, du hast wohl heimlich mitgelernt. Diese Sprache hat was Besonderes, nicht wahr? Schon die Buchstaben sehen interessant aus.

Wann auch immer meine Chance kommen mag, ich bleibe aufmerksam.

Merke aber auch, dass mein Akku nach sieben Jahren ohne Urlaub und Erholung ganz schön leer ist. Ich koche mir jetzt einen leckeren Cappuccino, dazu ein Stück selbstgebackenen Zitronenkuchen mit Schokoglasur, nach unserem Familienrezept gebacken. Ich passe auf, dass mein Optimismus in der Schublade bleibt, um ihn bei Bedarf schnell verfügbar zu haben. Es tut so gut, dich an meiner Seite zu haben. Darum sage ich dir an dieser Stelle Tausend Dank für deine Unterstützung. Und weil es so schön ist, noch mal auf Norwegisch: Tusen takk, ha det dine Mette.

Seit sechs Jahren keine Arbeit von der sie leben kann. Es besteht keine konkrete Aussicht auf Besserung der Arbeitssituation. Minijob zählt nicht. Norwegen ist zurzeit auch keine Option.

Und nun? Was ist zu tun?

Zum x-ten Mal stellt sich für die Unermüdliche diese bestimmte Frage. Wie wäre es denn, wenn ich im deutschsprachigen Ausland neue Berufserfahrungen in einer unbekannten Branche sammeln würde? Ich könnte Saisonarbeit im Hotel -und Gaststättengewerbe kennen lernen. Dieses Vorhaben überschlafe ich noch einmal, denkt sich Mette, und schöpft wieder neuen Mut.

Der heimische Arbeitsmarkt brachte keine beruflichen Wunder an den Tag, und Mette zu der Erkenntnis, dass es ein wichtiger Schritt auf dem Weg des Lebens sein kann. Die Umsetzung dieses Planes heißt nun: Am 13.12.2010 mit 23 Arbeitsuchenden per Bus nach Österreich zu fahren. Dort erwartet sie eine Tätigkeit in den Bereichen Service, Reinigung, Housekeeping, Küche, Abwasch sowie Rezeption und Organisation. Bereits im Vorfeld wurden die Bewerbungsunterlagen und nötigen Papiere per Mail verschickt, und doch wussten die wenigsten Mitarbeiter, in welcher Einrichtung sie für die kommenden vier Monate ihr Lager aufschlagen werden. Mette auch nicht. Denn die Wintersaison im

Vorarlberg ist lang. Hier ist sie mit ihren 49 Jahren als Commis de Rang, sogenannter Speisenträger, ein Neuling im Bergrestaurant. Zum Glück ist sie kommunikativ, lernfähig und flexibel, doch hier hilft ihr dies alles nichts. Nach drei Wochen kann sie diesen sehr schroffen Umgangston nicht mehr ertragen, und lässt sich in eine kleine familiengeführte Pension im Tal desselben Ortes vermitteln. In ihren kühnsten Träumen wäre ihr das Erlebte nicht in den Sinn gekommen. Für diese begrenzte Zeit der Saison halten es viele Kollegen aus acht Ländern einfach zähneknirschend aus, wenn sie für Nichtigkeiten und aus Frust oder Zeitdruck angeblafft und beleidigt werden. Interessanterweise fällt Mette immer wieder auf, dass die Verständigung per Mimik, Gestik und nonverbaler Kommunikation international super funktioniert. Faszinierend! Dienst nach Vorschrift heißt es nun bis Anfang April.

Eine 6-Tage-Woche, immer ein Lächeln auf den Lippen, und ein Tagespensum bis zum Abend, da die Bediensteten mit den Dienstherren unter einem Dach leben. Die Sehnsucht nach Hause, vor allem zu den Kindern, die sie aus Kostengründen gar nicht so oft anrufen kann, machen die Arbeit manchmal schwer. Entschädigt wird Mette neben dem guten Gehalt mit der atemberaubenden Landschaft. Ob Berg oder Tag, soweit das Auge reicht, meterhoch der Schnee. Ganz nach ihrem Geschmack. Zu schade, dass weder Zeit noch Geld für einen Skikurs zur Verfügung stehen.

Am 7. April 2011 ist Saisonende, und Mette wechselt in das nächste Abenteuerland. Noch ahnt sie nicht, welch bittere Erfahrung ihr Leben auf den Kopf stellen wird.

Als Mette das berühmte Winterskigebiet am Arlberg verlässt, liegt auf 1500 Metern Höhe noch Schnee, und wenige Stunden später im Kanton Bern angekommen, blühen bereits die ersten Krokusse. Ja, den Frühling hat sie in diesem Jahr verpasst. Dafür hat sie nach langer Zeit wieder mehr Geld verdient, ganze vier Monate im Schnee verbracht, und einen Hauch von Perspektive verspürt.

In der Schweiz lebt sie vorübergehend bei ihrem langjährigen Freund Ansgar. Sie lernten sich vor sechs Jahren in der Single-Gruppe kennen, die Mette damals aufbaute, und knapp drei Jahre lang leitete.

Alleinlebende über 40 trafen sich für gemeinsame Ausflüge, sportliche Aktivitäten, und ganz beliebt waren Bowling -oder Tanzabende. Es entstanden innige Freundschaften, Unterstützung bei Gartenarbeit oder Umzug. Die unterschiedlichen Charaktere der Mitglieder zu beobachten war auch für Mette eine gute Schulung ihrer Menschenkenntnis.

Die Freundschaft zu Ansgar ist eine der wenigen, die bis heute hält. Nun kann sie sich auf seinem Balkon und in der neuen Umgebung erst einmal vom Stress der letzten Arbeitsstelle im Nachbarland erholen.

Richtig idyllisch wohnt der Freund hier: Eiger, Mönch und Jungfrau – die drei markanten Berge dieser Region in direktem Blick.

So schön kann das Leben sein!

Nach wenigen Wochen ist die Arbeitssuche in Interlaken erfolgreich, und Mette beginnt im 3-Sterne-Hotel als Allroundkraft. Mädchen für Alles zu sein ist ihr nicht mehr fremd, und sie hat wieder eine 5-Tage-Woche. Das fühlt sich richtig an. Die Arbeit ist spannend, die Kollegen sind es auch. Mette mag die verschiedenen Sprachen, die Frage, wo kommst du gebürtig her, und auch den schweizerischen Dialekt. Obwohl sie ihn anfangs nicht versteht, wird ihr aber schnell klar, dass sie es tunlichst unterlassen sollte, ihn nachzusprechen. Für diese Sommersaison von April bis Oktober will sie nun neue Auslandserfahrungen sammeln und die Zeit intensiv nutzen. Gibt es außer Fondue, Schweizer Käse und Schoggi noch andere Annehmlichkeiten, und ein neues Ziel mit interessanten beruflichen Herausforderungen?

Die Gegend ist ja wieder so ganz in Mettes Sinn. Vom Bergsteigen und Naturgenuss kann sie nicht leben, darum wechselt Mette noch einmal die Stelle, und ist bis zur Heimfahrt am 10.10.2011 als Rezeptionistin im 5-Sterne-Hotel in Grindelwald auf 1200 Höhenmetern angestellt. Vor traumhafter Kulisse, die Eigernordwand im Rücken, bewohnt sie nun ein kleines Zimmer im Mitarbeiterhaus. Sie lernt die gehobene Hotellerie und Gastronomie der Schweiz kennen. Die finanzielle Situation hat sich in den letzten Monaten nicht grundlegend verbessert. Es war nicht für die gesamte Saisonzeit ein Arbeitsplatz vorhanden.

Insgesamt zieht Mette eine positive Bilanz. Sie hat diesen Entschluss, im deutschsprachigen Ausland ihre

Berufserfahrungen auf eine wichtige Branche des gesellschaftlichen Lebens zu erweitern, nicht bereut.

Die Wiedersehensfreude ist riesengroß.
Mette sortiert die Gedanken und die Post, und
macht eine erschütternde Entdeckung.

Der Haftbefehl ist erlassen

Von: Mette
An: Igor
Betreff: ???
Datum: 13.10.2011

Lieber Igor, ich halte einen Brief in der Hand, mit
meinem Namen drauf, und Felina steht auch dabei, und
ich kann den Inhalt nicht erfassen, und bringe das Wort
Haftbefehl nicht mit mir in Verbindung, und überhaupt
bin ich fix und fertig....

Von: Schutzengel
An: Mette
Betreff: ???
Datum: 13.10.2011

So, meine Liebe, nun mal der Reihe nach! Was ist passiert? Du hast also in der Post einen Brief mit der Überschrift und dem unfassbaren Namen entdeckt, und weißt nun nicht, was es damit auf sich hat. Richtig bis dahin? Gut, dann lass uns gemeinsam überlegen, wie es dazu kommen konnte. Du hast doch Gerd und seine Anwältin vor deiner Abreise im Dezember 2010 über deine Arbeitspläne im Ausland informiert. Welchen Teil von Saisonarbeit, also eine begrenzte Zeit der Tätigkeit, haben sie nicht verstanden? Es war von Anfang an klar, dass du nach dem Winter die übliche Saisonpause einlegen wirst - die du wohl dringend gebraucht hättest - und dann neu entscheidest, ob du in die Schweiz gehst, oder nach Deutschland zurückkehrst. Deine Entscheidung, unmittelbar nach Saisonende zu den Eidgenossen überzusiedeln, muss wohl in der Heimat die Hoffnung geweckt haben, dass du nun das große Geld verdienst.

Anders kann ich mir auch nicht erklären, dass dort das gerichtliche Mahnverfahren zur Abgabe der Eidesstattlichen Versicherung in Gang gesetzt wurde.

Du solltest nachweisen, dass du über genügend Einkommen verfügst, um den rückständigen Unterhalt für die Kinder zu begleichen.

Tatsächlich bestand zu keinem Zeitpunkt deines gesamten Auslandsaufenthaltes die Aussicht auf Zahlung, da nicht durchgehend Arbeit zur Verfügung stand. Und in der Heimat waren die Fixkosten ebenfalls fällig. Ein Gespräch hätte Klarheit gebracht. Was hat sich

Gerhard dabei gedacht? Hat er überhaupt nachgedacht, was er damit anrichten kann? Ich habe auch nicht den Eindruck, dass ihm die Tragweite seines Handelns bewusst war. Die eigene Tochter dafür zu benutzen, bringt Brisanz in das Thema. Wobei man natürlich der Felina keinen Vorwurf machen darf, denn sie war zu jung und unerfahren, vor allem aber räumlich abhängig und emotional mit ihm verbunden. Der Vater hätte es besser wissen müssen. Zumal er, da Feli nun volljährig war, keinen Cent gesehen hätte.

Vom laufenden Mahn -und Vollstreckungsverfahren hast du lange Zeit nichts mitbekommen. Vom entsprechenden Schriftverkehr hast du erst während des Telefonats mit Feli erfahren. Da war es schon zu spät! Und auch diese Folgen offenbarten sich erst bei Rückkehr. Für die Behörden warst du nicht erreichbar, reagiertes auf kein Schreiben, und die Konsequenz zur Offenlegung deiner Vermögensverhältnisse war der Erlass des Haftbefehls. Obwohl die Anwältin ihre Arbeit tat, frage auch ich mich, liebe Mette: War das nötig?

Mit den beiden volljährigen Kindern hast du vereinbart, dass du bei höherem Einkommen - und bitte erst dann - den ausstehenden Betrag zahlst. Sie waren einverstanden. Genau das war die Kernaussage der Briefe an die beiden Beteiligten.

Kein Arbeitslosengeld für einen Monat

Von: Mette
An: Igor
Betreff: Danke
Datum: 01.02.2012

Bin ich froh, dass ich dich hab. Ganz lieben Dank für deine Erklärungen. Und dafür, dass ich immer auf dich zählen kann. Jetzt verstehe ich die Zusammenhänge besser, obgleich ich noch lange brauchen werde, um es annähernd zu begreifen. Nun heißt es, nach vorn zu schauen, und da kommt auch schon der nächste Dämpfer: Ich komme soeben von meiner Hausbank, und mir wurde gesagt, dass die Grundsicherung zur Tilgung des Dispositionskredits einbehalten, also verrechnet wurde. Seit Januar 2012 ist das gesetzlich möglich. Die Finanzinstitute bekommen ihr Geld, und das Guthaben des säumigen Kontoinhabers ist mit Einführung des Pfändungsschutzkontos zum gleichen Zeitpunkt bis zu einer festgesetzten Höhe geschützt. Bis heute dachte ich, an der Grundsicherung ist nicht zu rütteln, sie steht jedem Bedürftigen bedingungslos zur Verfügung.
Denkste!
Nicht, wenn das Konto jahrelang überzogen wurde. Soweit ist es nun gekommen. Noch nicht vom letzten Schock erholt, habe ich eine neue Baustelle. Wie soll es jetzt weitergehen? Kannst du mir das verraten?
Für diesen Monat steht mir das Arbeitslosengeld 2, Hartz IV, nicht zur Verfügung. Ich schaue den Tatsachen in's Gesicht: Kein Geld für Miete, Strom, Telefon

oder Lebensmitteleinkauf. Ich überlege: Wer kann mir helfen. Nicht einfach, denn Geld zu verleihen hat mit Vertrauen zu tun. Die Kinder legen zusammen, und ich habe einen Betrag für das Nötigste. Klasse. Ich entscheide: Der Weg zum Amt bleibt mir nicht erspart. Dort bekomme ich einen Lebensmittelgutschein, und bin ganz perplex. Ich gehe also zum Discounter, kaufe für Fünfzig Euro ein, und bin doch froh, dass mir die Marktleiterin einen Taschenrechner gibt, denn so genau kann auch ich, die es gewohnt ist knallhart zu kalkulieren, nicht mitrechnen. Ich habe mich lange nicht so deprimiert gefühlt wie an diesem Tag! Einfach schlimm. An den Heimweg mit den vielen Einkaufstaschen habe ich nicht gedacht. Der Gutschein musste mit einem Einkauf eingelöst werden. Nach mehreren Pausen ist alles zu Hause. Lebensmittelgutscheine im Jahre 2012. Darüber komme ich nicht hinweg. Ich frage mich, warum dieser Gutschein ausgestellt werden musste? Traut man den Ratsuchenden nicht zu, dass sie das wenige Geld richtig einteilen können? Schließlich ist es ihnen bisher auch gelungen. Die Grundnahrungsmittel sollen zur Verfügung stehen, lautet die Begründung. Aha. Auch das werde ich verarbeiten.

Lass uns gemeinsam überlegen, wie ich vorankomme. Wo gibt es für mich etwas zu tun? Für meinen Lebensunterhalt ausreichend sorgen zu können, wage ich gar nicht mehr zu sagen.

Ich zähl auf dich, mein Engel.

Hauptsache Arbeit –
auch wenn du nicht davon leben kannst

Von: Igor
An: Mette
Betreff: Dann haben Sie erstmal was…
Datum: 17.06.2013

Meine liebe Mette, derweil du noch - berechtigterweise - die Ereignisse der letzten Monate sortierst, hab ich die gesamte Situation reflektiert. Ich will versuchen, das Für und Wider abzuwägen, und einige Antworten auf deine Fragen zu finden. Du fragst, wer nimmt mich denn jetzt noch? Das gilt beruflich und privat? Du bist schlank, gesund, motiviert und gut qualifiziert. Es ist nicht zu glauben, nicht zu erklären, warum du keinen Job findest, von dem du leben kannst.

In den neun Jahren, die du nach der Münchner Zeit wieder in der Heimat bist, hast du dich durch alle Märkte gekämpft. Die Befristungen dauerten nie länger als zwei Jahre in einer Firma.

Du warst wieder Arztsekretärin, diesmal in Leiharbeit in Berlin, Büroleiterin, Vertrieblerin und Hotelmitarbeiterin in drei Ländern. Das Gehalt war weder leistungsgerecht noch angemessen. Nein, du bist nicht neun Jahre lang an die falschen Arbeitgeber geraten. Lass dir das nicht einreden. Deine Kenntnisse, Fähigkeiten und Stärken nahm man gern mit, aber die Anerkennung und entsprechende Bezahlung dafür blieb aus. Der Arbeitsmarkt hat sich verändert. Von prekärer

Beschäftigung, Zeltarbeit und fehlender Planungssicherheit kannst du ein Lied singen. Es zieht sich wie ein roter Faden durch dein Leben. Diese Ohnmacht, die bohrende Frage: Wo gibt es noch gut bezahlte Arbeit? Der Zusammenhang von Beruf und privat ist präsent, doch niemand will ihn wahrhaben. Es ist bequemer so. Kann anstrengend sein, auf das Privatleben des Mitarbeiters einzugehen. Gelegentlich mal nachzufragen, ob die Schichtarbeit mit dem Dienstplan des Partners abgestimmt ist. Oder sich nach der Genesung und nicht dem Zeitpunkt der Arbeitsaufnahme zu erkundigen.

Wie gehen wir heute miteinander um?

Wie viele Menschen fühlen sich wohl auch öfter alleinsam, wie du? Verabrede dich mit Gleichgesinnten die in ähnlicher Situation sind. Von dem Motivationsseminar hast du dir wohl mehr versprochen? Warum hat es dich denn so aus der Bahn geworfen? Aha. Verstehe, dir wurde gesagt, dass dein Job die Arbeitssuche ist, du bereit sein sollst, auch kostenlos zu arbeiten, du erst mal gering bezahlte Arbeit annehmen sollst.
Dann haben Sie erstmal was.
Aus dieser Stelle heraus kannst du dich dann neu bewerben, weil es dann einfacher ist. Aufstocken ist völlig legitim. Und unter bestimmten Voraussetzungen bist du sogar förderungsfähig. Das ist nicht neu. Welcher Teil davon hat dich denn nun so erschrocken? Aha. Verstehe, Unterstützung klingt anders. Mehr Individualität hast du dir gewünscht, Gruppengespräche, Eingehen auf die persönliche Situation der Teilnehmer,

die besser berufsbezogen zusammengestellt sein sollten. Da bist du nun schon in einem EU-geförderten-Ü50-Projekt, und dann doch wieder rechtfertigen, erklären und irgendwie aushalten. Die Interessen aller Beteiligten gehen hier nicht konform.

Jede Erfahrung macht einen Sinn.

Später. Vielleicht.

Das Wunder von Oslo

Von: Mette
An: Igor
Betreff: Interessenkonflikt
Datum: 22.09.2013

Ich habe eine Entscheidung getroffen, mein lieber Schutzengel. Ich halt es nicht mehr länger aus, ich muss hier raus. Ja, du hast richtig gelesen. Hatte Ende August noch mal ein längeres Gespräch mit meinem Arbeitsvermittler. Eine unzutreffende Bezeichnung, wo die Verwaltung der Arbeitslosen schon eine große Herausforderung ist, und wir nicht das gleiche Ziel verfolgen. Dem Amt geht es vordergründig um die Aufnahme einer sozialversicherungspflichtigen Tätigkeit. Ob ich davon leben kann ist nicht relevant. Wenn das Gehalt nicht den Lebensunterhalt sichert, wird aufgestockt. Auch bei Vollzeitstellen war dies in der Vergangenheit der Fall. Dieser Fakt schränkt den Handlungsspielraum ein und lähmt die aktiven Arbeitssuchenden. Egal, ob die über Fünfzigjährigen in ihrer gewohnten Branche tätig sind, oder in Zeitarbeit verliehen werden. Im Ergebnis müssen *alle* Mitarbeiter mit dem Einkommen auskommen, in preiswerter Wohnung unterkommen, und von Monat zu Monat kommen. Sie wissen nicht, wofür sie jahrzehntelang gearbeitet haben, wenn sie nach über 30 Berufsjahren trotz Arbeit noch am Tropf des Amtes hängen. Sie haben sich auf eigene Kosten und in ihrer Freizeit qualifiziert, Kinder großgezogen, Häuser gebaut oder Familienangehörige gepflegt. Ist es ein Generationsproblem? Die Jugend ist dennoch in der besseren Position, da sie noch etliche Lebens -und Arbeitszeit vor sich hat. Wahrscheinlich ist das ein wichtiger Grund dafür, dass in Politik und Wirtschaft diese Problematik oft zu kurz angesprochen wird. Schließlich können doch alle rechnen. Unrealistische Hoffnungen zu schüren ist genauso schlimm, wie den Betroffenen jeden Hoffnungsschimmer zu nehmen. Aber Plan C reift. Du wirst begeistert sein, was in mir steckt! Ich weiß, ich nerve dich damit, aber ich musste das noch mal auf den Punkt bringen. Bevor ich dir nun von meiner Entscheidung erzähle, möchte ich folgende Gedanken mit dir teilen:

Den Zusammenhang von beruflichen Entschlüssen und daraus resultierenden privaten Schlussfolgerungen haben wir nun schon begriffen, aber weißt du, was ich mich manchmal frage? Natürlich weißt du es. Wie viel hat es mit Mann und Frau zu tun? Die klassische Rollenverteilung, Karriereplanung, wer hält wem den Rücken frei, Elternzeit, gesund sein und bleiben...kurzum: Haben wir so gelebt, wie wir es uns erträumten? Mit den Träumen ist das so eine Sache, aber für mich wurden schon einige wahr. Dann sollte es doch möglich sein, auch für diese zugegeben knifflige Situation einen Ausweg, eine Lösung oder wenigstens einen Kompromiss zu finden. Was denkst du? Das kann nicht alles gewesen sein! Dieses große Glück, zwei wunderbare Kinder zu haben, gesund zu sein, einen akzeptablen Berufsweg gegangen zu sein, eine tiefe Demut und Dankbarkeit empfinden zu dürfen werden mich auf meinem neuen Weg begleiten. Ein bisschen verrückt ist nicht verkehrt.

Besondere Konflikte erfordern besondere Entscheidungen.

Von: Mette
An: Schutzengel
Betreff. Ich bin dann mal weg
Datum: 03.10.2013

Du glaubst es nicht, ich sitze im Flieger nach Norwegen!
Irre!
Das fühlt sich gut an. Vor mir liegen spannende Tage, und wahrscheinlich auch Nächte im Land meiner Träume. Klingt poetisch oder übertrieben, aber du

weißt doch, wie ich es meine. Ja, ich sehe die Skepsis in deinen Augen. Kenne den Gesichtsausdruck, die hochgezogene rechte Augenbraue, wenn du mich fragen willst: Hast du dir das gut überlegt? Und zum ersten Mal nach langer Zeit kann ich dir wieder voller Überzeugung sagen: Ich hab es mir gut durchdacht. Auch wenn es nicht so leicht nachvollziehbar ist, zumindest für Außenstehende. Aber das ist ja bei mir nichts Neues. Nun willst du wissen, welcher Teufel mich geritten hat, um diesen Schritt zu wagen? Also ich habe vor Abflug wirklich alle Fördermöglichkeiten, inclusive Darlehensvertrag für Mietkaution, Lebensunterhalt und Fahrkosten vor Ort, alle Eventualitäten und eine Reserve abklären wollen, aber es war keine Einigung möglich. Das Amt hat mit der Deutschen Bahn eine Vereinbarung, und nicht mit Fluggesellschaften. Verständlich. Nur für mich heißt das, ich müsste mit der Fähre stunden -nein tagelang unterwegs sein. Der Flug ist deutlich preiswerter und schneller. Für die Anschaffung eines Autos wird ein Kredit zur Förderung der Arbeitsaufnahme gewährt, nicht aber zur Finanzierung der ersten Wochen im Ausland. Kann ja keiner ahnen, dass auch dort Kosten entstehen. Selbst schuld, wer mehrere Tausende Euro in seine Bildung investiert hat. In neun Jahren zu wenig Geld verdient. Jetzt fehlen finanzielle Reserven. So viel zur Vorgeschichte. Aber nun geht es aufwärts – im wahrsten Sinne des Wortes.

Die Konsequenz daraus konnte deshalb nur sein. Bezahle die Telefonrechnung, die Miete später in Raten, nimm den Rest vom Arbeitslosengeld und…

Soeben rollt das Flugzeug vom Startplatz. Irre! Der Flug dauert nur 1,5 Stunden. Kaum zu glauben aber wahr. Jetzt gibt es kein Zurück mehr. Zu deiner Beruhigung nun erst mal die Fakten: Gut vorbereitet bedeutet natürlich, dass ich mehrere Onlinebewerbungen rechtzeitig vorher verschickt habe. Einige Rückmeldungen und Einladungen gab es auch. Dann die Überlegung, in welcher Region ich die Reise beginne. Positives Feedback kam aus Nord -und Südnorwegen, das Geld hätte aber nicht für Touren durch das Land gereicht. Also, Konzentration auf einen zentralen Punkt ist des Rätsels Lösung. Von der Hauptstadt aus sollte ich per Pedes möglichst viele Firmen und Einrichtungen erreichen können. Was willst du dort arbeiten? Ich weiß, diese Frage interessiert dich brennend. Die Entscheidung fiel auf Tätigkeiten im Hotel -und Gastronomiebereich. Du erinnerst dich, wie im Sprachkurs besprochen, ist zwar ein gewisses Maß an Erfahrung und Sprachkenntnissen erforderlich. Für den Anfang sollte es ausreichen. Jeden einzelnen Arbeitgeber werde ich aufsuchen. Werde herausfinden, was genau mich in den hohen Norden zieht, und ob ich mir vorstellen kann, dort zu leben, zu arbeiten und mich wohl zu fühlen. Ganz spannend wird sein, wie die *Wikinger* auf mich reagieren, wie gut ist denn nun mein Kauderwelsch? Dann wird sich zeigen, ob es nur eine Schwärmerei ist...

So der Plan! Weniger Fragen – mehr Antworten!

Berlin-Tegel. Strahlender Sonnenschein. Das vollbe-
setzte Flugzeug beschleunigt, drückt mich in den Sitz.
Nach wenigen Minuten heben wir ab. Weiß grad nicht,
was ich fühlen soll. Pures Glück würde ich das nennen.
Einfach schön. Während ich noch mit meinen Gefühlen
beschäftigt bin, stellt sich der Pilot vor, und gibt wichtige Fluginformationen. Diese gelangen nicht ganz in
mein Hirn, bin noch verzückt. Der Fensterplatz war gut
gewählt, der Blick hinaus ist atemberaubend. Ich
wünschte, du wärst hier!

Über den Wolken muss die Freiheit wohl grenzenlos
sein…
Haben schon andere vor mir herausgefunden. Aha.
Wie ein kleiner Vogel schwebt der Flieger durch die
Lüfte, dabei ist er doch ein Großer. Ganz leicht, ziemlich
gleichmäßig und eher ruhig fliegen fast unmerklich die
Höhenmeter an mir vorbei. Wenige Augenblicke später
tauchen wir in eine riesengroße schneeweiße Schäf-
chenwolke ein, und ich hätte schwören können, wir
bleiben stehen. Ein bisschen mulmig wird mir schon, die
Aufregung hat sich jetzt gelegt, und mir geht nicht aus
dem Kopf, wie der Pilot sich in diesem Wirrwarr orien-
tiert. Irre! Wie viele Flugschulungen sind wohl nötig, um
x-Mal und bei jedem Wetter Tausende Fluggäste durch
das Wolkendickicht zu manövrieren? Woher weiß er wo
der Ausgang ist? Das Schlupfloch aus den Wolken. Es
gibt aber auch wunderschöne und spannende Berufe.
Definitiv gehören die der Flugcrew dazu.

Derweil ich noch am Knobeln bin, was der Copilot in der Zwischenzeit macht, erreicht mein sensibles Ohr neue Informationen, die ich, warum auch immer, so schnell nicht vergessen kann. Wir befinden uns über dem schwedischen Luftraum. Beim Hinweis zum bevorstehenden Landeanflug auf Norwegen ist die Aufregung wieder da, und ich nehme mich jetzt aber zusammen. Der Pilot hat's drauf. Ich sag's doch. Mit weichen Knien und nach einer ebensolchen Landung folge ich dem Strom die Gangway entlang zur Gepäckhalle. Erst einmal stehe ich nur da rum. Der große Reiserucksack ist noch unterwegs. Ich beobachte dieses System, dann kommt das Gepäckstück angefahren. Prima, nun kann es ja losgehen. Wohin? Mit norwegischer Luft in der Nase schmiede ich einen Plan. Ich benötige norwegische Kronen, denn ich hab im Sprachkurs schön aufgepasst: der Flughafen liegt abseits der Hauptstadt.

In einem komfortablen Reisebus verlasse ich Oslo-Gardermoen. Die erste Anlaufstelle ist eine Großküche. So würden wir es nennen. Sie sollte sich später als gelungene Kombination aus Verwaltungsetagen und komfortabler Betriebskantine für eine Behörde entpuppen. Damit habe ich den Busfahrer restlos verwirrt, denn er war es nicht gewohnt, Passagiere in Firmen zu chauffieren. Auf seiner Liste standen Hotels und andere Unterkünfte. Nach einer kleinen Stadtrundfahrt - ich war der letzte Fahrgast - und er langsam der Verzweiflung nah, zeigte ich ihm meine Aufstellung der abzuarbeitenden Gesprächstermine, und er verstand mich besser. Am Nationaltheater überließ er mich dann meinem

Schicksal. Da bin ich nun. Endlich angekommen. Zufrieden, dass alles so gut lief. Bis hierher.

Zwei Arbeitgeber in einer Straße habe ich angetroffen. Eine kurze Unterhaltung, und dann wurde mir das Laufen mit dem Gepäck zu viel. Komme nicht zügig voran, und kann auch diese Stadt nicht richtig wahrnehmen. Der lange Tag und die vielen Eindrücke wollten verarbeitet werden. Ich muss zur Ruhe kommen. Morgen ist auch noch ein Tag. Schnell fand ich die Tourist-Information, ein Bett und eine Bleibe in einer Jugendherberge, und die nötige Entspannung. Ich fühl mich einfach wohl, und in meinem Vorhaben bestätigt.

Noch ahne ich nicht, dass ich nur selten in einem kuscheligen Bett übernachten werde.

Ich habe richtig gut geschlafen, und freue mich auf meinen ersten vollen Tag in der norwegischen Metropole. Die zentrale Touristinfo wird meine tägliche Anlaufstelle. Von hier aus plane ich meine Abenteuer. So kann ich diese Aktionen mit Überraschungseffekt wohl jetzt schon nennen. Ich bekomme Wegbeschreibungen, Insidertipps für günstige Unterkünfte und eine Portion Mut mit, nachdem die Mitarbeiter dort meine Mission verstanden haben. Es geht ja nicht nur um Gespräche mit den zukünftigen Arbeitgebern, sondern jeden Tag auf's Neue um das Bett zur Nacht. Sehr aufregend! Es ist Freitag, und es regnet. Sehr stark. Ein Hartschalenkoffer wird meine nächste Anschaffung sein, aber das ist gerade nicht mein größtes Problem. Bis um 16 Uhr sollte ich eine Schlafstätte gefunden haben. Das hab ich mir in der Heimat so vorgenommen. Davon bin ich weit entfernt.

Das Norwegische Rote Kreuz vergibt für wenig Geld in Sammelunterkünften eine Schlafmöglichkeit. Anmeldung ab sechs Uhr am Abend, und Schlange stehen im Regen. Dir kann ich es ja sagen, lieber Igor, ein wenig traurig und verzweifelt war ich da schon. Zum Glück wusste ich nicht, was da auf mich zukommt. Um 23:45 Uhr war ich im Zimmer, hundekalt, eine winzige Decke und der Oberhammer war die instabile Pritsche. Alle zwei Stunden kam Kontrolle…

Fühle mich wie durch den Wolf gedreht, aber nun ist es überstanden. Zum Wochenende suche ich mir ein besseres Nachtlager. Muss richtig fit sein, um Antworten auf meine Fragen zu bekommen. Zwei Übernachtungen sind nun sehr preiswert zum Erholen, Ausschlafen und die Gegend erkunden, gefunden. Also ich wache am Montag noch im Hostel auf, und bereite mich auf die nächsten Wege vor. Gut zu wissen, dass es funktionieren kann, wenn sieben Männer und Frauen in einem Zimmer, inclusive Kochnische, übernachten. Ich hatte einen Fensterplatz, und war viel zu müde, um…

Frisch erholt mache ich mich auf den Weg zum Amt. Eine Behörde für Alles: Steuerrecht, Finanz -und Wohnungsamt unter einem Dach. Auch für Aus -und Weiterbildungen findet man hier Ansprechpartner. Ich frage mich durch, und komme bald zu dem Entschluss, dass es für meine Situation noch zu früh ist. Erst wenn ein

Arbeitsvertrag vorliegt, kann das Anmeldeprozedere beginnen.

Die Liste mit den Bewerbungen ist abgearbeitet. Konkret hat sich nichts ergeben. Geht nicht so schnell. Auf mich wartet hier auch Niemand. Du hast mich gewarnt. Das Geld wird langsam knapp. Einem Hinweis für eine Unterkunft gehe ich nach, und werde von Pfarrer Benedict Berger herzlich aufgenommen. Darf dort 2 Mal übernachten. Diese Fürsorge tut gut. Ich bekomme wieder wertvolle Tipps, und kann mich in meiner Muttersprache austauschen, da der Unterricht an einer deutschen Schule ein Teil der Arbeit dieser Pfarrgemeinde ist. Intensive Gespräche mit Gästen und Gemeindemitgliedern helfen bei der Orientierung. Das örtliche Arbeitsamt - mit dem deutschen Jobcenter nicht zu vergleichen - bietet eine auf Englisch geführte Informationsveranstaltung an, und ich bin erstaunt, wie gut ich folgen kann. Die Nutzung des Behördentelefons zur Terminabsprache mit dem potenziellen neuen Arbeitgeber ist selbstverständlich. Voller Freude verkünde ich die frohe Botschaft, und bedanke mich für die liebevolle Gastfreundschaft.

Ich verlasse Oslo gen Norden. Mein neues Ziel heißt Hønefuss.

Mein lieber Engel, ich sitze wieder in einem dieser komfortablen schnuckeligen Überlandbusse, und könnte stundenlang durch die schöne Gegend fahren. Mich erwartet ca. 150 km nördlich von der Hauptstadt entfernt ein ehemaliger Bauernhof, eine Poststation, Bank, Schule und ein Hotel. Alles in einem. Früher. Um 1346 zählte Klækken zu einem der größten Bauerhöfe in Ringerike.

Man hat dort Landwirtschaft betrieben, Kämpfe ausgefochten und die Häuser für viele Zwecke genutzt. Seit 1928 wechselten mehrfach die Besitzer, und nach einem Brand 1945 wurde es neu eröffnet. Bis heute ist es als beliebtes Kurs -und Tagungshotel mit kombiniertem Hallen -und Freibad einzigartig in Norwegen. Und genau hier darf ich arbeiten? Zu schön um wahr zu sein. Und weil ich noch keine Unterkunft in der Nähe gefunden habe, wird es eben nicht wahr. Hier ist es nicht wie im deutschsprachigen Ausland üblich, im Mitarbeiterhaus nah des Arbeitgebers, zu wohnen. Dementsprechend verläuft auch das Gespräch, und dem netten Küchenchef und mir wird schnell klar, dass es zu keiner Zusammenarbeit kommen wird. Freundlich verabschiedet sich der gebürtige Schweizer mit der Zusage, sich in den nächsten Tagen bei mir zu melden. Die Absage per E-Mail ist schneller zu Hause als ich. Unter diesen Umständen war es nicht anderes zu erwarten, aber trotzdem richtig, und ich habe nichts unversucht gelassen. Soweit so gut. Nun wird es Zeit für eine Zwischenbilanz: Mit viel zu wenig Geld kam ich her. Der Rückflug in sieben Tagen ist nicht mehr realistisch. Ich muss früher zurück. Die Verpflegung und die Fahrten innerhalb des Landes waren nicht so genau kalkulierbar, geschweige die Unterkünfte pro Nacht. Bei Kaffee und Bolle (schmackhafte Mischung aus Brötchen und

Pfannkuchen/Berliner) überlege ich mir, wie es weitergehen soll. Auf einer Bank schlemmend genieße ich die
Sonne, und fühle mich einfach pudelwohl. Wieder mal
einfach schön. Und da sagen die Leute, es ist hier oben
immer so kalt.

Das Hochdruckgebiet zieht in diesem Herbst über
Norwegen, während in der Heimat der Regen domi-
niert. Es gibt eben keine Zufälle – es fällt zu, was fällig
ist. Alles zu seiner Zeit. Es soll gerade jetzt mein Schicksal sein, das ich sehr gerne annehme. Gestärkt und fro-
hen Mutes, die Sonne im Nacken, fasse ich den Entschluss, wieder den Osloer Flughafen anzusteuern.
Busticket, Lebensmittel und ach du Schreck, Umbuchungsgebühren für den früheren Flugtermin sind noch
zu zahlen. Das wird eng. Mein Verstand sagt mir, dass
es richtig und nötig ist, doch mein Gefühl klammert sich
an diese herrliche kleine Gemeinde.

Ich will hier nicht weg!

Der Gedanke, nicht mehr lange in diesem schnell
lieb gewonnenen Lande verweilen zu dürfen, stimmt
mich traurig. Irgendwie kommt es mir sehr vertraut vor.
Vielleicht, weil mich Oslo an München erinnert. Diese
beiden Hauptstädte haben einiges gemeinsam. Die In-
nenstadt zum Beispiel, und insgesamt so was Herr-
schaftliches, Romantisches, ja Königliches. Die Ver-
nunft siegt, doch einmal noch flaniere ich die Karl-Jo-
hans-Gate, Oslos Einkaufsmeile, entlang. Nur gucken
reicht schon.

Ich habe Antworten auf meine Fragen bekommen. Ich möchte, um hier zu leben und zu arbeiten, meine Sprachkenntnisse verbessern. Bin immer noch überwältigt vom Charme und der Vielfältigkeit dieser Stadt, und fahre mit vielen wichtigen Eindrücken nach Hause.

Eine Erfahrung ist schon mal, dass mein Lebens - und Berufsweg hier als sehr interessant und nutzungsfähig angesehen wird. Auch viele ältere Arbeitnehmer sind mir aufgefallen. Also, eine günstige Unterkunft finden, eine finanzielle Überbrückung für die ersten Wochen, und dann...du glaubst nicht, wo ich die letzte Nacht verbracht habe.

Du musst jetzt sehr stark sein, wenn du wirklich wissen willst, wo ich die letzte Nacht geschlafen hab. Schlafen kann man es wohl nicht nennen. Für den Weg zum Flughafen war es zu spät, und trennen konnte ich mich auch nicht von diesem neuen Traumlande. Und somit sah ich nur zwei Möglichkeiten, *kostenlos* hier zu bleiben: Entweder im Krankenhaus oder im Hotel. Ich entschied mich für Letzteres, denn mit Gepäck im Schlepptau konnte ich wohl nicht glaubhaft krank sein. Wie gesagt, musste ich meine Krönchen zusammenhalten, und darum blieb ich nach dem Toilettenbesuch gleich im selben Etablissement. Fand unter der Hoteltreppe einen geeigneten Platz für mich und mein Gepäck, und irgendwann im Morgengrauen auch etwas Ruhe. Nicht optimal, aber ich wusste ja, dass du mich beschützt.

Vielen lieben Dank dafür. Auf dich ist eben immer Verlass. In allen Lebenslagen.

Um 15:05 Uhr bin ich wieder am Osloer Flughafen, und noch ganz zuversichtlich, die kommende Nacht in meinem Bett zu schlafen. Soviel zur Theorie. Praktisch aber verursacht mir der frühere Rückflug so einige Kopfzerbrechen. Wir schreiben den 11. Oktober 2013, und ich suche mir einen neuen Abflugtermin. Aha, um 18:25 Uhr geht ein Flieger nach Berlin. Na das klappt doch Prima. Nur dumm, dass es eine andere Airline ist. Natürlich muss ich mit dem gleichen Anbieter zurück-fliegen, mit dem ich herflog. Das heißt also, ich gehe zum Schalter meiner Fluglinie, lege mein Ticket vor, und buche um. Die Differenz für die Umbuchung müsste ich in Kronen noch übrighaben, und dann liege ich noch heute Abend…

Das Geld reicht nicht mehr. Ich verhandle in drei Sprachen, und bekomme nach wenigen Minuten einen akzeptablen Preis. Ein kleiner Erfolg, doch reicht es im-mer noch nicht. Von wegen Umbuchungsgebühren; der Einzelflug kostet fast so viel wie Hin -und Rückflug zusammen. Das muss ich erstmal bei einem leckeren Kaffee verdauen. Ein neuer Plan muss her. Einer, der mich nach Hause bringt. Die nette Mitarbeiterin in der Abfertigungshalle hat sich jetzt - mittlerweile ist es nach 22:00 Uhr - meines Problems angenommen, und sucht mit mir, ihren Kollegen, der Polizei und der norwegi-schen Botschaft, nach einer Lösung. Die freundliche Polizistin ist darüber sehr verwundert, dass ich bisher nur in drei Unterkünften registriert war, aber schon seit neun Tagen im Lande bin. Wie kann das ein?

Wo hast du genächtigt? Das willst du nicht wissen, denke ich bei mir.

Ich verhalte mich still, um nicht noch mehr Ärger zu provozieren. Da ich anfangs gut auf Norwegisch mit ihr kommuniziert habe, nimmt sie mir jetzt nicht ab, dass ich sie nicht verstehe. Kopfschüttelnd gibt sie mir einen Zettel mit den Kontaktdaten des örtlichen Konsulats, aber ich brauche erstmal eine Pause und eine kleine Stärkung.

Da hab ich ja den Vogel abgeschossen. Am Ende meiner Tour wird es doch noch richtig verzwickt. Musste ja so weit kommen. Dennoch freue ich mich, dass ich bis heute wie vorgenommen, meinen Plan gut umsetzen konnte, und mich hier wohl fühle. Dafür bin ich dankbar. Die letzte Nacht in Norwegen verbringe ich auf dem Flughafen. Die einzige Chance, am nächsten Tag nach Hause zu kommen, sehe ich hier am Terminal. Die deutschen Touristen, die nach ihrem Urlaub wieder heim fliegen…

Es grenzt an ein Wunder. Und noch weiß ich nicht, dass genau das morgen hier passieren soll.

Von: Igor
An: Mette
Betreff: Ja, bist du denn total verrückt geworden?
Datum: 12.10.2013

Du bist doch wohl des Wahlsinns fette Beute?

Da passe ich ein paar Stunden nicht auf dich auf, und du sitzt am Flughafen fest. Nicht zu glauben. Dann sieh mal zu, wie du aus diesem Schlamassel wieder herauskommst. Ich brauche noch eine Mütze voll Schlaf. Zu dieser Zeit liegen normale Menschen nämlich im Bett. Gute Nacht und gute Ideen schickt dir dein Igor.

Von: Mette
An: Schutzengel
Betreff: Nun chill mal mein Lieber
Datum: 12.10.2013

Mein treuester Begleiter, ich kann gut verstehen, dass du sauer auf mich bist. Aber: Ende gut, Alles gut. Wie du siehst, bin ich wieder im gewohnten Umfeld. Ich hab mich lange nicht so gefreut, in meiner Wohnung zu sein. Und das kam so:

Irgendwann war klar, dass ich Unterstützung von anderen Mitfliegenden brauche. Ganz wilde Ideen schwirrten mir des Morgens im Kopf herum. Es gibt hier sieben Abfertigungsschalter und neun Check-in-Terminals. Wenn Jeder der Mitarbeiter Achtzig Kronen (ca. 10 €) übrighätte, könnte ich den Flieger bekommen. Nein, gleich wieder verwerfen. Besser: Ich spreche die Geschäftsreisenden oder Touristen an, die den Flug um 06:30 Uhr ab Oslo gebucht haben. Fakt ist, ich bin in dieser Situation, weil ich Erstens die Kosten nicht genau kalkulieren konnte, und Zweitens ja sowieso mit zu wenig Geld anreiste, und somit Drittens früher als geplant, nach Hause *musste*.

Das Argument war ja treffend, und ich konnte auch mein bezahltes Rückflugticket vorzeigen. Du fragst dich, wem? Na den Menschen, die ich ansprechen werde. Ja, genau mein Engelchen, ich spreche alle Reisenden an, so hatte ich es mir fest vorgenommen. Was blieb mir auch anderes übrig? Ich habe mich selbst in die Lage gebracht, und komme da auch selbst wieder heraus. Du bist doch bei mir. Du bist doch bei mir?

Für diesen ersten Flug nach Berlin öffneten die Check-in-Schalter um 04:30 Uhr. Schläfrig und voller Spannung verfolgte ich das rege Treiben in der Halle, und nahm meinen ganzen Mut zusammen. Ich sprach alle, wirklich alle Menschen in der langen Schlange an. Beginnend auf Norwegisch, auf Englisch artikulierend und auf Deutsch verzweifelnd. Mein Ticket griffbereit in der Hand, machte ich mich verständlich. Oder auch nicht. Unnötig, zu erwähnen, dass es eine Weile dauerte, bis …eine nette Fachärztin - wie ich später erfuhr - lebt und arbeitet sie seit elf Jahren in Norwegen, bot mir ihre Unterstützung an. Um fünf vor Fünf schien die Lösung greifbar nah. Lassen Sie mich erstmal einchecken, und meinen großen Koffer aufgeben, dann…Mit offenem Mund blieb ich regungslos stehen, während die junge Frau ihre Formalitäten regelte.

Nie werde ich diesen wunderschönen Moment vergessen.

Und es kommt noch besser.

Folge deinem Herzen

Noch immer ist Mette überwältigt von der Selbstver-
ständlichkeit, mit der die norwegische Ärztin ihre Hilfe
anbot. Sie fragt sich, ob und wann eine ähnliche Situation in der Heimat so positiv ausgegangen war. Was genau macht nun den Unterschied aus? Die Mentalität?
Vielleicht. Der Umgang miteinander? Wahrscheinlich.
Selbiger ist im hohen Norden angenehmer. Das fiel ihr
bereits während des Oktoberaufenthaltes dort auf. Da
kümmert man sich noch um den Menschen nebenan.
Auch fremde Leute, die in der unmittelbaren Umgebung stehen. Hört sich aufmerksamer zu. Soll heißen,
dass der Norweger die gewisse innere Zufriedenheit,
die doch jeder Mensch braucht, und die seit Jahren vielen Deutschen abhandengekommen ist, in sich trägt.
Das spüren auch die Touristen. Eine ganz bestimmte
Freundlichkeit, Interessiertheit, Gelassenheit und Ruhe,
gepaart mit einer Portion Wohlwollen und Geduld
wurde Mette vom ersten bis zum letzten Tag in diesem
Land entgegengebracht.

Manchmal muss man einfach dranbleiben!

An dem aktuellen Problem, an dem, was bewegt,
was beschäftigt und sehr oft nicht zur Ruhe kommen
lässt. Und das gilt für Denjenigen, der uns gerade ge-
genübersteht, genauso wie für Jemanden am Telefon.

Auch im persönlichen Kontakt tun wir uns leichter, trauen uns eher, um Rat zu fragen, auch wenn wir riskieren, verletzt zu werden, weil wir offener sind.

Dranbleiben! Der Schlüssel zum Erfolg?

Wenn also die Nordländer zufriedener sind als die Deutschländer, sollten wir uns fragen, warum? Wo kommt die Zufriedenheit denn ursprünglich her? Was macht es dem Deutschen so schwer, offen für die kleinen und größeren Sorgen der Mitmenschen zu sein? Wenn es typisch deutsch ist, hat der Norweger einen Vorteil? Hier müssen wir über den Tellerrand hinausschauen, und nüchtern feststellen, dass insbesondere die über Fünfzigjährigen auf dem deutschen Arbeitsmarkt wenig realistische Chancen auf eine *existenzsichernde* Arbeit haben. Das Gesundheits -und Rentensystem plus arbeits, -sozial -und wirtschaftspolitische Entscheidungen erschweren das Vorankommen älterer Arbeitnehmer. Wie auch bei Mette.

Ab und zu in sich hineinhorchen. Aha. Da kommt die Zufriedenheit her. So sagt man. Die Quelle von Ausgeglichenheit und Intuition, und das Bauchgefühl spielt auch eine wesentliche Rolle. Was fangen wir nun damit an? Jeder Arbeitsuchende über Fünfzig macht - zumindest über einen längeren Zeitraum betrachtet – die Erfahrung, dass es aus emotionalen, finanziellen oder familiären Abhängigkeiten kein Entkommen gibt. Oftmals greifen mehrere dieser Faktoren ineinander. Wie auch bei Mette.

Seit knapp zehn Jahren kann sie nicht von ihrer Arbeit leben. Ob im privaten Umfeld oder im Jobcenter, wo die Mitarbeiter dafür bezahlt werden *irgendeine* Arbeit zu vermitteln, es gibt keine konkreten Lösungsvorschläge.

Soll es einfach so sein, dass Mette in der Heimat überhaupt keine Chance hat?

Als ob in Norwegen *Alles* besser wäre…

Ein Sommer an der Ostsee

Von: Mette
An: Schutzengel
Betreff: Wohin mein Herz mich führt
Datum: 27.05.2014

Wie geht es jetzt weiter, mein Glücksbringer, Engel, Beschützer und treuer Begleiter?
Ob in Norwegen ein besseres Leben auf mich wartet, werde ich erst erfahren, wenn ich es versucht habe. Sicherlich ist nicht Alles besser, aber vielleicht einiges?
Vielleicht genau Das, was ich brauche. Was meinst du?

Der Wonnemonat Mai ist durchwachsen, mit einigen Sonnentagen, und Temperaturen über 25 Grad.

Mette ist erstmal dankbar für den Minijob im heimischen Supermarkt. Auch wenn die Arbeitsstelle - wieder einmal - befristet ist, so kann sie doch ihr Budget aufbessern. Die Gedanken an Hauptsache eine Arbeit, auch wenn du nicht von ihr leben kannst, verdrängt sie. Ein Termin mit dem neu zugeteilten Arbeitsvermittler bringt Verwirrung auf beiden Seiten, und tut Niemandem gut. Doch das Ganze hat System, es soll keine feste Bindung entstehen. Auch in anderen Centern geht es genauso zu, wie Mette später noch feststellen wird.

Ohne Umschweife steht für den Berater fest: Sie brauchen einen (erneuten) Sprachkurs. Das wäre eine sinnvolle und förderungsfähige Weiterbildung, die Aussicht auf...

Mette fühlt sich einerseits überrumpelt, und weiß doch andererseits, dass es nicht viele Alternativen gibt. Ein maximal vierwöchiges Praktikum beinhaltet diese Maßnahme ebenfalls. Fast beiläufig erwähnt der persönliche Ansprechpartner die Option der Finanzierung. Mette wird hellhörig. Es soll jetzt also eine Möglichkeit geben, dass... Sofort läuten ihre Alarmglocken. Der Plan ist: 12 Wochen Sprachkurs in Rostock, anschließend Praktikum in einem norwegischen Unternehmen. Klingt auf den ersten Blick ganz prima. Kein Wunder, dass ihr Gegenüber ganz überzeugt ist von der Idee. Kommt auch nicht alle Tage vor, dass er Auswanderer unterstützt. Und spannender ist es auch.

Für ihn ist es seine Arbeit, für Mette ändert sich ihr Leben.

Bringt es sie ihrem Ziel ein Stück näher? Fahrkosten für Hin -und Rückfahrt, die Unterkunft und Monatskarte in der Hansestadt, und sogar eine Heimfahrt pro Monat werden vom Amt übernommen. Schaden kann der Kurs nun wirklich nicht. Mit mehreren motivierten Menschen ein gemeinsames Ziel verfolgen. Die Beschäftigung mit diesem Thema wäre doch auch ganz gut. Und wenn es keine Einladung aus dem Norden gibt? Dann hat sie in der Heimat auch nichts verpasst, und die Zeit gut genutzt. Die Finanzierung des Praktikums ist und bleibt eine Schwierigkeit. Mittlerweile hat sich auch der Teamleiter dazugesellt, denn bevor keine Regelung gefunden ist, wird Mette nicht fahren. Während des Gesprächs hat sie öfter das Gefühl, es ist so ein Mann-Frau-Ding geworden. Es geht nicht um Unterstützung und Verständnis, eher um Durchsetzung, Macht und Rechthaberei. So empfindet es Mette jedenfalls. Die Aussage, oder der Vorwurf, nun bekomme sie schon eine Komplettfinanzierung, und hat immer noch Bedenken, bestärken sie in ihrem Empfinden. Davon kann schon deshalb keine Rede sein, da wir die Gesamtkosten, also wie viele Kronen vor Ort für Unterkunft, Verpflegung usw. entstehen, nicht kennen. Demzufolge liegt das Risiko bei Mette. Sie folgt ihrem Herzen und wählt die sichere Variante.

Ein Sommer an der Ostsee wartet auf sie…

Das Pfingstfest fest vor der Tür, und wir lassen es herein. Und weil so schönes Wetter ist, an allen drei Tagen um die dreißig Grad, radelt Mette zum Strand.

An ihrem Lieblingsplatz, an dem sich im letzten Jahr die muntere Strandclique gebildet hat, fühlt sie sich wohl, und kann die Entscheidung noch einmal überdenken. Ihr Blick schweift über den Breitlingsee in Brandenburg an der Havel. Vorbei an Booten aller Art. Ob mit Segel, Motor, Paddel oder Ruder, ganz nach Entspannungs -oder Abenteuerlust. Haus -und Bungalowboote sind auf den heimischen Gewässern nicht mehr wegzudenken. Die unweit entfernte Kanincheninsel verdankt ihren Namen der Form dieses Tieres, insbesondere aus der Vogelperspektive betrachtet. Die Sonnenuntergänge hier sind filmreif. Einfach fantastisch, diesem Naturschauspiel zuzusehen. Wenn die Sonne zwischen den Baumkronen hindurch schimmert, um dann innerhalb von Sekunden den Strand mit einem warmen gelb-roten Schleier zu überziehen. Momente zum Genießen. Kein Wunder, dass die Sonnenanbeter ihren Malgestrand liebevoll *Malgediven* nennen. Träumen und die Seele baumeln lassen. Mit einem wohligen Bauchgefühl macht sich Mette auf den Heimweg. Morgen kommt ein neuer Tag, und zwar einer, der ihr Leben wieder ganz schön durcheinanderbringen wird.

Von: Igor
An: Mette
Betreff: Was ich mir dabei gedacht habe?
Datum: 07.06.2014

Finde es selbst heraus, warum ich deinem Glück ein wenig nachhelfe! Schließlich kann ich nicht mehr länger zusehen, wie du allein nach Lösungen oder wenigstens Kompromissen suchst.

Wir halten fest, dass du also in drei Wochen den Sprachkurs in Rostock beginnst, wieder einen vorgeschriebenen Tagesrhythmus hast, von motivierten Leuten umgeben bist, und die zwölf Wochen auch genießen wirst. Das wünsche ich dir. Höre auf dein Herz.

Wie soll es nach dem Kurs weiter gehen? Natürlich hast du dir bereits vorher Gedanken darüber gemacht. Auch die Entscheidung, das Praktikum nicht in Anspruch zu nehmen, war richtig. Du darfst es dem Vermittler, nein du beschäftigst ja schon zwei Herren vom Amt, nicht verübeln, dass dort ein anderer Standpunkt zum Thema vertreten wird. Schließlich setzen sie die Vorgaben und Richtlinien um, die der Staat vorgibt. Und der Ermessensspielraum ist bekannt. Also: Erstmal alles richtig gemacht. Schau nach vorn, und verbringe so viel Zeit wie möglich am Strand von Warnemünde. Dort kann man ja auch lernen. Pass gut auf dich auf!

Und bis es soweit ist, kümmere ich mich um männlichen Beistand…

Halt die Augen offen, vielleicht kreuzt heute Jemand deinen Weg? Wenn ich dich so radeln sehe, noch immer sportlich mit dem Mountainbike, den Kopf voller Ideen, und die Freude auf das kommende Vierteljahr steht dir in's Gesicht geschrieben. Dann frage ich mich auch, warum du Single bist? Kann doch nicht so schwer sein. Ein Mann, Ende Fünfzig, kräftige Statur, passende

Größe, stahlbaue Augen, Handwerker, Nichtraucher, Gerntänzer und von lebhaftem Temperament. Habe ich deine Wünsche getroffen? Dann darf ich vorstellen: Randolf ist sein Name. Finde es selbst heraus, warum ich dir diesen aufgeschlossenen Mann in den Breitlingsee gestellt habe.

Von: Mette
An: Igor
Betreff: Oh, wie großzügig von dir…
Datum: 28.06.2014

…mir gerade jetzt, wo ich die Koffer gepackt habe, und morgen nach Rostock fahre, diesen Mann…
Ich gebe mir große Mühe, herauszufinden, was dein Plan ist.
Wir haben am ersten Wochenende schon so viele Gemeinsamkeiten festgestellt, wie in meiner gesamten Ehezeit nicht. Und auf mein Gefühl konnte ich mich bisher gut verlassen. Die Zukunft wird zeigen, ob es uns gelingt, am Leben des Anderen teilnehmen zu können, oder zu wollen.

In der Hansestadt fühle ich mich, wie vermutet, sehr wohl. In unserer kleinen Gruppe von neun Mitlernenden bin ich die Älteste. Berufsmäßig sind vom Handwerker, Auslandsproduktionsverantwortlichen, Städteplaner, Meeresbiologen, Lastkraftwagenführer, Bauleiter, Betriebswirt und Schweißingenieur viele Branchen vertreten. Dementsprechend macht das Lernen der Sprache den beiden Lehrern und Schülern gleichermaßen Spaß.

Alle knien sich mächtig rein. Die Zeit vergeht wie im Flug, und zum Bergfest, also nach sechs Wochen, lerne ich *Wikingerschach*. Eigentlich heißt es *Kubb* (gesprochen: Küpp), kommt ursprünglich aus Skandinavien, und wird heute noch - gern im Freien - in Norddeutschland gespielt.

Zwei Mannschaften versuchen mit ca. 20 cm langen und 4-5 cm dicken Holzstöcken möglichst viele Klötzer der Gegenmannschaft umzuwerfen. Sieger ist, wer den König in der Mitte des Spielfeldes zu Fall gebracht hat. Die Teams werden immer wieder neu gemischt, und bei strahlendem Sonnenschein, Grillwürsten und Jens' Spezialtrunk lassen wir es uns am Rostocker Stadthafen richtig gut gehen. Von diesem Gaudi bekommen wir nicht genug, und treffen uns zum Ende des Kurses noch einmal hier. Das Pensum wird mit der Zeit immer mehr: neben dem Erlernen der Sprache kommen Jobcoaching, Unterlagenerstellung und Stellensuche hinzu. Und das Ganze natürlich auf Norwegisch. Alles läuft parallel, denn alle Teilnehmer haben das gleiche Ziel: Eine Einladung nach Norwegen. Und in der Tat erfüllt sich für einige von uns nach einem begleiteten Telefonat via Skype in Landessprache der Wunsch, und sie reisen zum *Jobintervju* in die norwegische Hauptstadt, nach Tromsø, oder in die westliche Region um Stavanger. Irgendwie ist es für uns eine verrückte, manchmal anstrengende, insgesamt aber schöne Zeit, an die wir sehr gern zurück denken werden. Auf die Unterstützung der Lehrkräfte können wir immer zählen.

Wie oft telefonieren sie den Arbeitgebern nach, übersetzen unsere Stärken bei der Arbeitsplatzfindung mit viel Fantasie, oder machen Mut, nicht aufzugeben.

Auch der Besuch eines norwegischen Firmeninhabers, der seit über zehn Jahren mit diesem Sprachtrainingszentrum den Kontakt hält, und bereits einige Kursteilnehmer vermittelt hat, ist nicht nur für mich sehr interessant. Unsere Bedenken, ihn mit seinem westnorwegischen Dialekt nicht gut zu verstehen, sind zum Glück unbegründet.

Du siehst, mein Engel, von einem *echten* Fehler kann man wirklich nicht sprechen. Es gibt keinen Schuldigen, den wir belangen können. Wofür auch? Dafür, dass wir drei alte Hasen aus dem Kurs keine Einladung bekamen? Aber wir wissen jetzt, wie lecker Rømmegrøt (Schmand-Mehl-Gericht, ähnlich wie Grießbrei, nur feiner) schmeckt. Es sollte nicht sein. Alles hat seine Zeit...

Ronny und Jens fahren privat nach Norwegen. Ihre familiäre und berufliche Situation ermöglicht ihnen einen längeren Aufenthalt im Land, von dem sie nun so viel erfahren haben, und in dem sie sich jetzt gut verständigen können.

Die vorhandenen Kontakte festigen, neue Beziehungen knüpfen, ist sicherlich ein guter Plan für die beiden älteren Kursteilnehmer und ihre Partnerinnen.

In diese turbulente Zeit fallen auch die Vorbereitungen zum Jubiläum *25 Jahre Mauerfall*. Die Medien berichten von Zeitzeugen, Mauertoten und Schicksalen aus Ost und West. Kinder wurden ihren Eltern entrissen, zur Adoption freigegeben, ohne Wissen der Mutter. Herzzerreißend! Menschen wurden bespitzelt, beschattet von den eigenen Verwandten, Freunden und Bekannten. Haarsträubend! Paare wurden - oftmals mit Gewalt - getrennt, und sahen sich erst nach Jahren oder Jahrzehnten wieder. Unglaublich! Schlimme Szenen müssen sich abgespielt haben. Damals. Und wie Viele haben zu spüren bekommen, was mit Menschen passiert, die nicht mit dem Regime der Deutschen Demokratischen Republik konform lebten.

Wie hätte sich wohl ihr Leben entwickelt, wenn die Eltern auch in den Westen geflohen wären, als sie noch die Möglichkeit dazu hatten? Die Grenze wurde erst am 13. August 1961 errichtet. Da war Malte zwei Jahre alt, und Mette unterwegs. Es war im Hause Majers nie ein Thema.

Für Mette heißt es, in den gewohnten Alltag zurückzufinden.

Sie will sich Zeit nehmen, die Eindrücke zu verarbeiten, und die braucht sie auch.

Beziehung und Besinnung

Von: Igor
An: Mette
Betreff: Mein kluges Mädchen
Datum: 27.11.2014

Meine kluge Mette, nun sind wir doch ein großes Stück weitergekommen, und du hast meinen Plan durchschaut. Wie zu erwarten war. Du möchtest einen letzten Rat, hier kommt er:

Lassen wir zum besseren Verständnis noch einmal deinen Lebensweg der letzten, für dich oftmals schwierigen Jahre kurz Revue passieren, und dann gibt es nur noch ein Ziel.

Abhaken können wir Geringverdienst, Minijob, Gratis und zur Probe Irgendetwas tun, Leih -und Zeitarbeit, Aufstockungsbeschäftigungen, Praktikum, Hilfstätigkeiten und Vermittlungsvorschläge aller Art. Selbst dann, wenn sehr viel Geld an einzelne Privatvermittler gezahlt wird! Erst recht dann! Dieser Weg ist nicht dein Weg. Wie du mir in deinem Brief geschrieben hast, geht es in erster Linie um Lebensqualität. Diese erreichst du nicht mit:

Hauptsache Arbeit, auch wenn du nicht davon leben kannst.

Randolf als Prüfung zu verstehen war schon richtig gedacht von dir. Nur bitte nicht so ernst zu nehmen. Schließlich hat es dich noch mal so richtig erwischt. Es tat gut, dich so zu sehen. Nun lag es an dir, zu ergründen, ob eure beiden Lebenspläne kompatibel sind. Ihr könnt zusammen reden, lachen, tanzen, angeln und renovieren. Doch versteht ihr auch einander? Hört einer dem anderen richtig zu, erreicht ihr des Anderen Herz? Achtung, Respekt und Wertschätzung waren dir doch immer so wichtig. Warum lässt du zu, dass das Gefühl, sich nicht verstanden zu fühlen, immer größer wird? Längst fällt dir auf, dass du mehr an seinem Leben teilnimmst, als deines zu führen. Warum lässt du das zu? Er hat von Anfang an gewusst, welche deine nächsten Ziele sind. Nur weil im Sommer keine Einladung kam, ziehst du gleich die falsche Schlussfolgerung? Hatte in letzter Zeit nicht den Eindruck, dass er sich für dich, für das, was du fühlst, interessiert. In all euren Gesprächen hörte ich von ihm wenig Verständnis oder Entgegenkommen. Stattdessen war er bemüht, sich für seine Interessen und Entscheidungen zu rechtfertigen. Ich weiß nicht, ob du so weit gegangen wärst, wenn du von Anfang an gewusst hättest, dass du dich auf eine „Dreierbeziehung" einlässt.

Nun kann und will ich nicht länger zusehen, drum erinnere ich dich daran, *das* zu tun, was *dich* weiterbringt. Nutze deine Stärken, Fähigkeiten, Talente und Potenziale, und nimm dein Leben wieder selbst in die Hand. Den nötigen Verstand dazu hast du.

Von: Mette
An: Engel
Betreff: Ich glaub, ich hab es jetzt kapiert
Datum: 07.12.2014

So, mein bester Freund, ja, es stimmt, die Beziehung zu Randolf hat sich schwierig entwickelt. Habe es lange Zeit nicht einordnen können, aber du hast wieder einmal recht behalten. Auch Freundin Doreen sprach mich bereits nach wenigen Wochen darauf an, doch ich wollte es wohl nicht sehen: Meine neue Flamme ist doch tatsächlich nie von zu Hause ausgezogen. Der Abnabelungsprozess hat nie stattgefunden. Das Bedürfnis, für seine Familie ein Nest zu bauen, oder wohlbemerkt in 40 Jahren für sich selbst einen Rückzugsort zu schaffen, hatte er nie verspürt. Mit Anfang 60 wohnt er noch in seinem Kinderzimmer, nur dass jetzt neue Abhängigkeiten entstanden sind. Erst sind die Eltern für die Kinder da. Im Alter ist es umgekehrt. Mit entsprechender Distanz kann das gut funktionieren. Diese Situation gab es hier nie, und der fehlende Kontakt zu seinen eigenen zwei Kindern hat mir zu schaffen gemacht. Aus seiner Sicht betrachtet, sucht er eine Frau, die so schnell wie möglich in das kleine Reihenhaus einzieht, der Mutti zur Hand geht, für sein Wohlbefinden sorgt, im Haus und Garten mitarbeitet, es gibt immer was zu tun. So stellt er sich unser gemeinsames Leben vor.

Lass mich bitte kurz sortieren: Sollte es einfach die letzte Erfahrung mit Männern sein, die ich noch gebraucht habe? Ich habe doch in den letzten Jahren schon festgestellt, dass ich mich in schwierigen Situationen nur auf mich selbst verlassen kann. Du hörst es nicht gern, ich weiß. Es ist so eine Sache mit den Erwartungen. Oftmals gehen sie nicht in Erfüllung. Was ich selbst gebe, darf ich auch von anderen erwarten? Maximal mir wünschen. Und da bin ich wieder ganz bei mir.

Von: Mette
An: Schutzengel
Betreff: Zeit zum Besinnen - auf mich allein.
Datum: 12.05.2015

Ich werde noch ein letztes Mal in den sauren Apfel beißen, mein Lieber. Gestern habe ich den neuen Arbeitsvertrag unterschrieben, und habe kein gutes Gefühl dabei. Zukünftig arbeite ich im Call-Center für insgesamt 5 Firmen oder Institutionen. Jawohl: Das Jobcenter. Der private Arbeitsvermittler. Die vom Arbeitsvermittler vermittelte Zeitarbeitsfirma. Das vertragsgebundene Call-Center. Der Auftraggeber des Call-Centers. Alles klar? Für ein Jahr bin ich in Lohn und Brot. Das Jobcenter übernimmt 6 Monate lang die Kosten für die Monatskarte. Ab dem 7. Monat sind diese dann vom eh schon geringen Netto zu zahlen.

Der private Arbeitsvermittler bekommt nach 7 Wochen für einige Telefonate und E-Mails tatsächlich die 1. Rate in Höhe von Eintausend Euro! Nicht zu fassen! Ich glaube, ich möchte dieses Geklüngel nicht unterstützen...

Von: Igor
An: Mette
Betreff: Ein für alle Mal raus aus Hartz IV!!!
Datum: 10.07.2015

Das ist der richtige Weg. Du ziehst es jetzt durch, und ich bin an deiner Seite.

Mit wenig Aufwand eine Summe von insgesamt Zweitausend Euro zu kassieren ist unverschämt, und gehört untersagt. Diese Förderprogramme spülen Geld in die Firmenkassen, statt auf die Konten der Arbeitsuchenden. Für den sofortigen Arbeitsbeginn in der Mitte des Monats wirst du mit Rückzahlung bestraft: Einer Regelung im Sozialgesetzbuch zufolge, muss Arbeitslosengeld zurückgezahlt werden, wenn es im laufenden Monat zugeflossen ist. Das heißt, das am 1. Mai überwiesene Arbeitslosengeld ist am 31. Mai verbraucht. Das am 31. Mai überwiesene anteilige Gehalt wird angerechnet, und die Differenz ist zurückzuzahlen. Von diesem Geld sind die Kosten für den Juni zu zahlen. Wäre es am 1. Juni überwiesen worden, hätte sich eine Rückzahlung erübrigt.

Die Crux dabei ist, dass dir zu keinem Zeitpunkt zu viel Geld zur Verfügung gestanden hat. Auch war keine Einstellung zum späteren Zeitpunkt möglich. Dir blieb nur der rechtliche Weg. Doch weder der Widerspruch, noch die Klage am Sozialgericht hatten Erfolg. Hättest du an der Klage festgehalten, wäre sogar noch eine *Mutwilligsgebühr* von ca. Zweihundert Euro auf dich zugekommen. Mehr als Fünfhundert Euro zahlst du nun in Raten ab.

Dein Beispiel zeigt wieder einmal, wie schwer es ist, sich vom Tropf des Amtes zu befreien.

Von: Mette
An: Engel
Betreff: Es wird besser
Datum: 15.10.2015

Hallo mein Igor, es geht voran, und mein Alltag ist ziemlich anstrengend. Montag bis Freitag im Büro für knapp über Tausend Euro Netto malochen. Am Wochenende in der Gastronomie als Küchenhilfe zuverdienen. Nur mit zwei Jobs komme ich langfristig aus dem Hartz -IV-Bezug raus. Diesen Zustand halte ich ein halbes Jahr bis Dezember durch, dann habe ich mich endlich ein wenig finanziell erholt.

Ich habe die Nase gestrichen voll von unserem System, das kann ich dir gar nicht beschreiben. Aber das brauche ich ja auch nicht.

Ein neuer Plan muss her…

Von: Schutzengel
An: Mette
Betreff: Plan B
Datum: 17.07.2018

Gratulation, liebe Mette. Du hast es geschafft. Dein Durchhalten hat sich gelohnt. Endlich bist du unabhängiger. Es ist viel passiert in den letzten Jahren. Von der Gründung deiner eigenen kleinen Firma, die dir viel Selbstvertrauen gibt. Über deine Ostsee-Rundreise, und den Besuch deiner Freundin auf der Nordseeinsel. Bis zur Hochzeit von Felina und Simon im nächsten Monat. Herrlich. Es wird die schönste Traumhochzeit, die du dir vorstellen kannst. Versprochen!

Auf Igor ist Verlass. Im August feiert die große Familie ein ausgelassenes harmonisches Hochzeitsfest, und die glückliche Braut strahlt mit der Sonne um die Wette. Nicht nur Mette sieht man die Freude und Zuversicht an.

Die Kinder gehen ihren Weg.
Das unsichtbare Band in ihrer kleinen Familie bleibt bestehen.
Mette träumt immer noch vom Leben in Norwegen.

Doch als die Ersparnisse ausreichen, um die Reise anzutreten, zwingt ein Virus die ganze Welt in die Knie.

Epilog

Am Anfang des Jahres 2020 übertragen Tiere in China einen vermeintlich harmlosen Erreger auf den Menschen. Zunächst weiß Niemand, wie gefährlich das Virus ist. Innerhalb weniger Wochen verbreitet es sich mit rasender Geschwindigkeit, erfasst Europa, Asien und bald die ganze Welt. Virologen, Mediziner und alle verfügbaren Kräfte sind mobilisiert, um die täglich ansteigenden Zahlen der Neuinfektionen so gering wie möglich zu halten, und das Gesundheitssystem nicht zu überlasten. Dennoch bricht eine Pandemie aus, und fordert weltweit Millionen von Todesopfern.

Aus einigen europäischen Ländern kommen Bilder die uns fassungslos machen.

Quarantäne, Ausgangsbeschränkungen und Mund-Nasen-Schutz sind noch die harmlosesten Einschränkungen, mit denen die Bürger in Deutschland zukünftig umzugehen haben.

Mit *COVID 19* - besser bekannt als *Corona* - werden wir jetzt noch einige Zeit leben müssen.

Bis ein Medikament oder ein Impfstoff gefunden wurde.

Braucht es erst ein Virus, um sich wieder bewusst zu machen, was *wirklich* wichtig ist im Leben?

Mette wünscht sich sehr, dass wir nicht so weiter machen wie bisher, sondern etwas von der Solidarität, Aufmerksamkeit und Nächstenliebe übrigbleibt.

Es wäre ein Gewinn für uns alle.

Danksagung

Mein erstes Buch ist endlich da,
die Zeit war anstrengend und wunderbar.

Ich danke meiner Familie, den Freunden und Bekannten für die Inspiration.

Auch möchte ich *Danke* sagen für Geduld und Unterstützung – dem Verlag *tredition.*

Sie, liebe Leser, mitzunehmen auf Mettes Wegen war mein Ziel, wenn dies mir gelungen ist, bedeutet es mir sehr viel.

Herzlichst

Ihre Ela Nova

Zeitfracht Medien GmbH
Ferdinand-Jühlke-Straße 7
99095 Erfurt, Deutschland
produktsicherheit@kolibri360.de